나는 게으르기 위해 부지런하다

나는 게으르기 위해
부지런하다

황광일 지음

북레시피

들어가는 글

"자기는 가만 보면 참 게으른데 부지런한 것 같아."

얼마 전 아내가 한 말이다. 게으르면서 부지런하다니 이상하게 들릴 수도 있겠지만 게으름과 부지런함은 충분히 공존이 가능하다. 언뜻 나는 꽤 부지런한 사람으로 보인다. 학생 때도 숙제를 다 해놓기 전에는 마음 편하게 잘 놀지 못했고, 내 물건은 항상 제자리에 정리돼 있어야 했다. 궂은일을 크게 마다하지 않는 편이고 책임감도 필요한 만큼은 있는 것 같다. 그리고 지금은 아이 셋을 키우고 있는 터라 부지런하게 살지 않을 수 없는 처지이기도 하다.

사실 나는 태생적으로 게으른 사람에 훨씬 가깝다. '안빈낙도安貧樂道'가 내 삶의 오랜 모토이기도 하거니와 실제로 너무 치열하게 사는 길을 조금씩 피해가며 살고 있다. 서울대학교 재학 시절 교수님들, 선배님들, 심지어 친구들한테까지 왜 그렇게 꿈이 작으냐, 왜 그렇게 치열하게 살지 않느냐, 스펙이 아깝지 않느냐, 글로벌한 사람이 되어야 하지 않겠냐는 등의 소리도 지겹도록 들었지만 나는 크고 복잡한 일에 얽히는 게 그렇게도 싫다. 글로벌은 개뿔, 그저 '행복한 우물 안의 개구리'가 되고 싶을 뿐인지라 약 10년간의 서울 생활도 몇 년 전 정리하고 지금은 내가 나고 자랐던 대구에 내려와 가족들 가까이서 지내고 있다.

학창시절을 돌아보면 개근은 했지만 지각이 잦았고 수업시간에 자다가 체벌을 받은 일 또한 셀 수 없이 많았다. 주변에서는 많은 분들이 나를 아주 성실한 학생으로 보셨지만 그건 내가 별다른 사고를 친 적이 없고 공부를 곧잘 했기 때문에 어련히 부지런하겠거니 하는 선입견의 지분이 컸던 것 같다. 공부를 잘했지만 공부가 그렇게도 하기 싫었고 힘들게 공부하는 게 싫어서 그 흔한 독서실 한번

가본 적이 없다. 학원도 거의 다니지 않았고 시험이 코앞에 닥쳐서야 거실 소파에 눕거나 내 방 침대에 엎드려 책을 좀 들여다봤을 뿐이다.

'그런데 도대체 나는 어떻게 공부를 잘했던 거지? 나는 그렇게까지 머리가 좋은 사람은 아닌데?'

현재 내 직업은 중고등학생들에게 수학을 가르치는 9년 차 학원 강사다. 강의를 하다 보면 수학 외에도 '공부 잘하는 방법'이라는 더욱 근본적인 주제에 대해 논하게 될 때가 많은데, 내 경험을 바탕으로 이런저런 얘기를 하다 보니 어느 순간 깨닫게 된 것이 있었다. 내가 강조하는 학습 방법은 모두 '효율성'과 관계가 있었다. 그리고 그 방법들은 하나같이 어디서 배워온 것이 아니라 공부를 힘들게 하기 싫었던 내 게으름으로부터 기인한 것, 말하자면 내 잔머리와 꼼수로부터 파생된 것이었다. 나는 게을렀기 때문에 공부를 잘할 수 있었다. 게을러서 부지런했다. 더 게으르기 위해서 최소한만 부지런했다. 조금만 부지런하면 많이 게으를 수 있기 때문이었다.

이 책은 비법서가 아니다. 누구나 공부를 잘할 수 있게 만들어주는 마법의 공부법을 기대했다면 당장 이 책을 덮……지는 마시되 기대감은 조금 낮추는 것이 좋겠다. 공부에 왕도는 없다. 만일 그런 게 있었다면 이미 누군가는 그걸 알아내서 엄청난 부와 명성을 쌓았을 테고 우리 모두는 이미 공부를 잘하고 있을 것이다. 누구나 돈 잘 버는 법이나 살 빼는 법 몇 가지씩은 알고 있지만 아무나 그 일을 해낼 수 있는 건 아니지 않은가. 공부 잘하는 법도 마찬가지다. 이 책의 목적은 누구나 아는 그 방법을 실천하지 못하는 게으른 사람들에게 약간의 팁을 주고자 함이고, "이 것만 하면 돼"라고 최소한의 부지런함을 감수할 동기부여를 하려는 것이다.

뜬금없지만 살 빼는 법 얘기가 나와서 말인데 사실 나는 요즘 한창 다이어트 중이다. 결혼 후에 몇 년 동안 살이 15kg이나 쪘다. 다이어트 방법으로는 요즘 유행하는 '간헐적 단식'을 택해서 실천하고 있는데 이 방법이 좋은 게, 음식을 섭취하는 시간을 제한하는 대신 먹을 수 있는 시간대에는 마음껏 먹어도 되니 신체적으로나 심리적으로 부담이 크지 않다. 효과가 얼마나 있을지는 아직 잘 모르겠지만 적어도 실천하기는 쉽다. 공부도 이렇게 해야 한다. 먹으면서 쉽게 살을 빼듯 공부도 더 쉽게 하자는 것이다. 그리고 그 방법을 더 잘 이해하고 각자 본인에게 알맞게 적용하기 위해 간단하게나마 그 원리를 알자는 것이다. 이 과정에서 뇌의 구조와 기능에 관한 이야기를 조금 하게 될 텐데 이는 공부 방법을 강조하고 설명하기 위해서 갖다 쓰는 것일 뿐 나는 뇌과학 분야의 전문가는커녕 입문자조차 되지 못함을 미리 밝혀두는 바이다.

| 차례 |

5 나는 개부지런하다

1

아, 공부하기 ×× 싫어

잘난 척 조금만 할게요

일단 내 자랑부터 좀 하고 시작을 하겠다. 공부를 조금 잘했을 뿐 그리 잘난 것 없는 사람이니 너무 아니꼽게 보지는 않았으면 한다. 그저 나의 공부 방법에 대한 임상실험결과를 소개함으로써 내 주장의 신뢰도를 보증하려는 것뿐이다.

어려서부터 공부를 아주 잘했던 것은 아니다. 어머니 말씀에 의하면 내가 세 살 때 한글을 다 뗐다는데 맘피셜이라 곧이곧대로 믿을 수는 없다. 오히려 아홉 살 때 구구단을 못 외워서 담임선생님께 혼나고 교실 밖으로 쫓겨났던 기억이 생생하다. 열한 살 때쯤 내가 남들보다 수학을 조금 더 잘한다는 사실을 알았고 그때부터 수학 한 과목에만 흥미가 있었을 뿐, 그 외 다른 공부에 흥미를 가졌다거나 뭔가를 열심히 해본 기억은 딱히 없다.

중학생 때는 뜬금없이 음악에 미쳤다. 용돈이 생기면 CD와 카세트테이프를 사 모았다. 비틀즈와 스키드 로우를 듣고, 기타와 피아노를 배우고, 곡과 노랫말을 쓰고 녹음을 하며 매일매일을 보냈다. 베이스기타를 몇 년 쳤고 잠깐이지만 밴드 활동도 했다. 고등학생이 되고부터는 뜨문뜨문하다가 고3 올라가면서 모두 그만뒀지만 졸업할 때까지도 장래희망을 적는 난에 항상 밑도 끝도 없이 '음악가'라고 써냈다.

리듬게임의 일종으로 한때 선풍적인 인기를 끌었던 DDR에 푹 빠져서 DDR 퍼포먼스 팀 활동을 하기도 했다. 방학 때는 보충수업을 빠지고 머리를 노랗게 염색했고 늘 바닥에 질질 끌리는 힙합바지에 배꼽까지 내려오는 주먹만 한 목걸이를 걸고 오락실을 드나들거나 춤을 추러 다녔다. DDR 전국대회에 나가서 최고 4등까지 기록했었고 아시아 랭킹에 이름을 올린 적도 있었으니 어쩌면 수학보다 더 소질이 있었는지도 모르겠다.

그러면서도 학교 성적은 늘 상위권을 유지했다. 물론 본격적으로 포텐이 터지기 시작한 것은 음악과 DDR을 모두 그만둔 이후였지만. 고1 때까지는 반에서 1등을 가까스로 유지하는 데 그쳤다면 고2가 되고부터는 성적이 급격하게 올라 결국 나는 대구에서 가장 공부 잘하기로 유명한 고등학교에서 3년 동안 전 과목 올 수를 받았고 이과 350명 중 수석으로 졸업을 했다.

내가 치렀던 2003학년도 수능시험은 그야말로 역대급 불수능이었다. 1교시 언어영역(지금은 국어영역으로 바뀐) 시간에는 시간이 부족해서 긴 지문 두 개를 통째로 읽지 못했다. 1교시 마치고 집에 가고 싶은 마음이 굴뚝같았지만 그때 흔들리는 멘탈을 겨우겨우 부여잡았던 것은 여태껏 살면서 내가 가장 잘한 일 중 하나다. 평소 모의고사보다 총점이 30점 넘게 떨어졌지만 수학, 과학, 외국어는 잘 봐서 다행히 원하던 대학에 합격할 수 있었다. 사실 상위권 대학의 의대에도 합격을 했지만 아무래도 성격에 맞지 않을 것 같아서 가차 없이 포기했다. (이건 가끔 후회될 때도 있다.) 의사라는 직업이 매력적이기는 하지만 게으르게 살기는 어려워 보였다. 대신 선택한 공대는 포기했던 의대

보다 수능 총점 기준 커트라인이 20점이나 더 낮은 곳이었지만 무엇보다 '효율성'을 중요하게 생각하는 나에게 훨씬 잘 어울리는 곳이었다. 지금의 내가 전공을 살려서 살고 있지는 않지만 학부 4년과 대학원 2년 동안 공대에서 배운 엔지니어로서의 마인드와 세상을 보는 시각은 여전히 내 정체성의 많은 부분을 차지하고 있다.

물론 과거에 공부를 잘했다는 사실이 현재의 행복이나 미래의 성공을 담보해주는 것은 아니다. 적어도 지금까지 내가 살아온 궤적을 돌아보면 그런 듯하다. 그러나 내가 나의 능력과 노력으로 일궈낸 것들에 대한 성취감, 목표했던 학교에 들어가서 좋은 교육을 받았다는 사실이 주는 만족감, 그리고 그로 인해 얻어지는 지성과 교양은 그 외의 것들로 결코 대체될 수 없는 귀중한 자산이며 삶을 더욱 풍성하게 만들어주는 요소임에 분명하다. 공부를 잘했던 사람이 나중에 자녀 교육에도 더욱 열심인 까닭은 공부를 잘해서 성공했고 돈이 많기 때문이 아니라 교육수준이라는 것이 삶의 질을 얼마나 크게 좌우하는지 몸소 체험했기 때문이다. 나 또한 그런 이유로 늘 교육 문제에 관심이 많았고 내가 잘할 수 있는 방법으로 사람들을 돕고 싶었다. 바로 그것이 내가 현재의 직업을 선택하게 된 이유 중 하나이고 지금 이 책을 쓰고 있는 이유이기도 하다.

성취감과 만족감에서 얻어지는 지성과 교양이야말로 미래의 자산!

공부를 잘했던 사람이 나중에 자녀 교육에도 더욱 열심인 까닭은 공부를 잘해서 성공했고 돈이 많기 때문이 아니라 교육수준이라는 것이 삶의 질을 얼마나 크게 좌우하는지 몸소 체험했기 때문이다.

거기 앞에, 좀 앉아서 봅시다!

날씨 좋은 주말, 고속도로는 차들로 빽빽하다. 출발할 때의 산뜻했던 기분은 어느새 온데간데없고 짜증이 슬슬 치밀어 오른다. 어릴 때는 고속도로에 차가 막힐 때 이런 생각을 했다. '맨 앞에 있는 차는 안 가고 도대체 뭐 하는 거지?' 차가 많아도 차례대로 쭉쭉 움직이면 될 텐데 앞차가 미적거리니까 정체가 생기는 거라고 생각했다. 물론 어린이다운 발상이지만 가만 보면 한편으로는 일리가 있기도 한 것 같다.

고속도로는 신호가 없으니 모든 차들이 일률적으로 가장 빨리 이동하기 위한 최적의 조건은 모두가 최대한 비슷한 속도를 일정하게 유지하면서 차선과 차간거리 또한 일정하게 유지하는 것이다. 그런데 만약 이 암묵적인 합의를 깨는 차가 있다면? 누군가 지나치게 빨리 달리거나 천천히 달린다면, 누군가 차선을 이리저리 옮겨 다닌다면, 또 사고가 나거나 고장 난 차가 있다면 룰이 깨지면서 도로는 혼란에 빠지기 시작한다.

사고, 고장, 차로 감소 등의 뚜렷한 원인 없이 발생하는 교통정체를 흔히 '유령 정체'라 한다. 교통공학에서는 이 유령 정체의 가장 큰 원인이 과도한 차선변경, 끼어들기 때문이라고 말한다. 결국 남들보다 조금 더 빨리 가고 싶은 누군가의 이기심 때문에 모두가 함께 빨리 갈 수 있는 기회를 잃는 것이다. 그렇다고 차선 많이 바꾸는 차가 딱히 빨리 가는 것도 아니다. 운전하는 사람들은 다 경험이 있을 것이다. 미친 듯이 칼치기를 해대던 차가 딱히 앞서 가지 못하고 얼마 후 나와 나란히 가고 있는 것을 목격한 경험 말이다.

나는 이렇게 물만 흐리는 미꾸라지 같은 사람들이 정말 싫다. 남들에게 피해를 주는 것은 물론이고, 내 기준에서 볼 때 정말 어리석은 일이기도 하기 때문이다. 계속해서 차선 바꾸느라 그만큼 신경도 많이 써야 하고, 기름도 많

이 들여야 하고, 사고의 위험도 높아지고, 차의 내구성에
도 안 좋은 영향을 미칠 텐데 정작 시간 단축은 못 하고 정
말 비효율의 극치가 아닐 수 없다.

　우리나라의 교육열은 정말 대단하다. 모두가 알다시피
아시아의 다른 몇 개 국가와 함께 우리나라는 세계 최고
수준의 교육열을 자랑한다. 입신양명을 중요시하는 유교
문화 때문일까, 아니면 급격한 산업화 과정에서 발생한 과
도한 빈부격차 때문일까, 학생이고 어른이고 할 것 없이
우리 모두가 처절한 경쟁의 일선에 내몰려 있다. 다 같이
잘되면 얼마나 좋겠냐만 성공의 빛은 모두에게 공평하게
내리쪼이지만은 않아서 이를 쟁취하기 위해서는 남들보다
한발 앞서가는 수밖에 없다. 이 달리기는 누가 시작했을
까? 전체를 혼란에 빠뜨리는 개인의 이기심, 이것은 비단
고속도로에서만 일어나는 일은 아니다.
　교육에 대한 개인의 이기심을 그 자체로 문제 삼겠다는
것은 아니다. 맹모삼천지교는 귀감이 되는 일이 아니던
가? 이것은 사회의 문제다. 교육업계만의 문제도 아니며
우리 사회 전체에 걸친 구조적인 문제이다. 당장 시험점수

를 조금 더 잘 받으면 조금 더 좋은 대학교에 갈 수 있고, 조금 더 좋은 일자리를 구할 수 있고, 조금 더 안정되고 행복한 삶을 살 수 있다고 할 때 누군들 경쟁을 피하겠는가. 그래서 어떤 사람들은 대학의 서열화를 문제 삼으며 소위 '서울대 폐지론' 같은 것을 주장하기도 하지만 이는 정말 우물에 가서 숭늉 찾기 식일 뿐이다. 좋은 학벌 없이 성공하기 힘든 사회가 문제이고, 그런 현상이 오래도록 지속되면서 한쪽으로 치우쳐버린 사람들의 가치관이 문제인 것을. 우리 사회가 충분히 건강해지기 전에는 학생들은 달리기를 멈추지 못할 것이다. (물론 그 방법이 무엇인지는 나도 전혀 알지 못한다.)

예전에 대치동에서 일하던 시절, 민사고 등의 자사고 입시를 전문으로 하는 학원에서 근무했던 적이 있다. 워낙 입시 실적이 좋은 데다가 지방에서는 잘 볼 수 없는 콘셉트의 학원이다 보니 그곳에는 서울 전역과 경기도는 물론 강원도에서 오는 학생도 있었고, 심지어 제주도에서 비행기를 타고 오는 학생도 있었다. 당연히 찾아오는 학생들부터가 학업성적이나 학교생활 면에서 우수한 학생들이 많앉고, 그러다 보니 각 학급의 반장은 물론이고 대치동에서 이름난 중학교들의 전교 회장도 여럿 있었다.

　그곳의 중3은 여느 고3과도 다름없었다. 방학 때는 학생들이 아침 일찍부터 밤늦게까지 학원에서 생활해야 했다. 점심도 저녁도 학원 근처에서 간단하게 해결했고, 하루 종일 심화학습이니 선행학습이니 눈코 뜰 새가 없었다. 선생인 나도 힘들어 죽겠는데 학생들은 오죽했을까. 그래도 그 아이들은 어릴 때부터 그런 생활이 익숙해서 그런지 다들 힘들어하면서도 곧잘 버텨냈다. 한번은 그런 아이들이 안쓰러워서 수업 중에 이런 말을 한 적이 있었다.

　너희 지금 여기서 뭐 하고 있는 거냐. 왜 이렇게 힘든 생활을 감당하고 있느냐. 사교육이니 선행학습이니 다 같이 안 하면 다 같이 공평한 상태로 경쟁할 수 있는데 왜 다 같이 고생하는 길을 택해서 이러고 있느냐. 여기 전교 회장들도 여러 명 있겠다. 너희가 앞장서서 SNS를 통해 전국의 전교 회장들을 한자리에 모아놓고 회의를 해보면 어떻겠느냐. 한날한시를 기해서 전국의 학생들이 동시에 다 같이 학원과 과외를 그만두면 모두가 함께 자유롭고 행복해질 수 있지 않겠느냐. 그런 일을 기획하고 성공하면 너희 커리어에도 도움이 많이 될 텐데. 물론 그렇게 되면 나는 하루아침에 백수가 되겠지만 너희가 해방될 수 있다면 나는 기꺼이 그 길을 응원하겠다.

학생들로부터 일제히 박수와 환호가 터져 나왔다. 그리고 박수와 환호가 그친 후, 한 학생이 내게 이런 말을 했다.

"선생님, 그렇게 되면 다른 애들 다 놀 때 저희만 몰래 선생님한테 과외 받을래요."

"……."

아, 이래서 이 경쟁이 이 지경까지 온 것이구나. 어쩌면 애들이 등 떠밀려 억지로 달리고 있는 것이 아닐 수도 있겠구나. 딱히 이기적이지도 않고 그저 착하고 밝은 저 학생이, 우리 주변에서 흔히 볼 수 있는 보통의 저 아이가 달리기를 시작하고 차선변경을 한 그 사람일 수 있겠구나. 모르겠다, 어쩌면 그 학생이 내 생계를 걱정해준 것일지도.

어떤 이는 우리의 교육 현실을 이렇게 표현했다. 극장에서 모두가 서서 영화를 보는 것이라고. 맨 앞의 사람이 영화를 조금 더 잘 보기 위해 자리에서 일어나면 뒤에 앉은 사람은 안 보이니까 어쩔 수 없이 일어나서 보게 된다는 것이다. 모두가 함께 앉아서 보면 편할 텐데 모두가 함께 일어나서 고생하는 이 집단의 어리석음이란. 어떻게든 남들보다 조금 더 고개를 높이 쳐들면 영화가 더 잘 보일까? 엄청 합리적이지 않은 일로 보이지만 고속도로에서 아무도 차선변경을 하지 못하도록 막을 수 없듯 서 있는 모든 사람들을 동시에 앉히기란 쉬운 일은 아닐 것 같다.

서울에 살던 시절 명절 때 차를 운전해서 고향에 내려갈라치면 나는 고속도로의 정체가 너무 싫어서 항상 새벽이나 밤늦은 시간을 이용했다. 극장에 영화를 보러 갈 때는 복잡한 게 싫어서 주로 평일 오전 시간을 이용한다. (그 시간을 활용할 수 있는 건 내 직업의 장점 중 하나이다.) 나처럼 이렇게 경쟁을 최대한 피하며 살 수 있으면 참 좋겠는데 학생들이 경쟁으로부터 완전히 자유롭기는 어려운 일이다. 영화는 꼭 봐야겠는데 상영관에 사람은 빽빽하고 모두 자리에서 일어나 있어 도무지 스크린이 잘 보이지 않는다면 어떻게 해야 할까? 나도 자리에서 일어나는 것 말고는 도저히 방법이 없을까? 어디 구석이나 통로 같은 곳에 자리를 잘 잡으면 남들은 서 있는 사이 나는 편안하게 누워서도 영화를 감상할 수 있다거나 하는 그런 명당은 존재하지 않는 걸까? 마음 같아서는 그냥 이렇게 소리쳐버리고 싶은데 말이다.

"거기 앞에, 좀 앉아서 봅시다!"

우리의 교육 현실은 "극장에서 모두가 서서 영화를 보는 것"과도 같다!

모두가 함께 앉아서 보면 편할 텐데 모두가 함께 일어나서 고생하는 이 집단의 어리석음이란. 어떻게든 남들보다 조금 더 고개를 높이 쳐들면 영화가 더 잘 보일까? 나도 자리에서 일어나는 것 말고는 도저히 방법이 없을까?

청소도 싫고 공부도 싫어

신혼생활의 시작은 원룸에서였다. 그곳에서 몇 년을 지낸 후 지방으로 내려오고부터 아파트에서 살기 시작했다. 여전히 월세 신세를 벗어나지는 못했지만 말이다. 워낙 낡은 아파트라 여기저기 손 갈 데가 많았다. 이사하고 나서 몇 날 며칠을 여기저기 쓸고 닦고 정리하고 이것저것을 고치고 설치했다. 그 당시 아내는 쌍둥이를 임신 중이라 몸이 많이 힘들었기 때문에 그런 일들은 모두 오롯이 내 몫이었다. 갑자기 7평에서 32평으로 바뀌니 특히 청소가 큰일이었는데 집이 넓어진 기쁨과 임신한 아내를 위하는 마음에 매일매일 열심히 바닥을 닦고 또 닦았다. 한동안 청소를 좀 열심히 했더니 어느 날은 아내가 이런 말을 하더라.

"자기는 청소하는 거 좋아하잖아."

두둥! 충격이었다. 그럴 리가. 내가 청소하는 걸 좋아하는 사람일 리가. 별것 아닌 그 오해가 왜 그렇게 억울했는지 모르겠다.

공부를 잘하는 학생들은 이런 오해를 많이 받는다. 공부를 좋아할 거라는. 집이 더러우니까 청소를 하는 것이지 그자체가 즐거워서 하는 것은 아니듯, 공부도 해야 되니까 하는 것일 뿐 누군들 그 과정이 즐겁기까지야 하겠는가. 물론 세상에는 청소를 좋아하는 사람도, 공부가 즐거운 사람도 있기야 하겠지만 일반적으로는 청소도 공부도 그 결과에 대한 성취는 있을지언정 그 자체가 동기가 되지는 않을 것이다. 기껏해야 남들보다 하기 싫음을 더 잘 견디고 티를덜 내는 정도이리라.

그리고 이런 오해도 있다. 공부를 잘하는 학생은 '천재형' 아니면 '노력형' 둘 중 하나일 거라고. 나는 천재 스타일이 아니다. 겸손하게 하는 말이 아니라 진짜로 주변에 천재성이 엿보이는 학생들은 생각하는 것부터 뭐가 달라도 달랐는데 그에 비하면 나는 창의성도 부족하고 지극히

평범한 축에 속했다. 중학생 때 했던 IQ 테스트에서도 평균보다 살짝 더 높은 수치가 나왔을 뿐이다.

나는 천재형도 아니지만 노력형은 더더욱 아니다. 수학을 좀 파고들긴 했지만 그것도 기껏해야 하루 두 시간 남짓 되는 학교 자습시간에 했을 뿐이다. 고3이 되기 전까지 시험기간이 아닐 때 했던 공부는 학교 자습시간에 했던 수학과 영어가 전부인데 그나마 영어 공부는 감각을 유지하기 위한 최소한의 독해 연습에 불과했다.

고3 때도 수업시간의 3분의 1은 엎드려 잤다. 석식시간에는 밥을 후딱 밀어 넣은 후 운동장으로 뛰어나가서는 매일 친구들과 농구를 한 게임씩 했다. 야간자율학습이 시작될 쯤엔 항상 땀에 흠뻑 젖어 있어서 땀을 말리고 열을 식히고 공부를 할 수 있는 상태가 되기까지 시간이 꽤 필요했다. 토요일은 학교에서 오전수업만 하고 집에 왔는데 매주 토요일은 일주일을 잘 버틴 나에게 스스로 주는 보상의 시간이었다. 오후에는 당시 유행했던 TV 시트콤을 일주일치 몰아서 봤고 저녁부터 밤늦은 새벽까지 컴퓨터 게임을 했다.

고3 때를 제외하고 내가 다닌 고등학교는 주변 학교들보다 야자시간이 길지는 않았다. 늘 집에서 저녁밥을 먹을 수 있는 정도였다. 친구들은 학원도 안 다니는 날 보고, 집에 가면 안 보이는 데서 엄청 열심히 공부할 거라고들 했지만 시험기간이 아니면 나는 집에서 도통 공부를 하지 않았다. 시험기간 집에서 공부할 때도 책상 앞에 잘 앉아 있지를 못했다. 애초에 불편한 상태로 잘 있지를 못해서 독서실 같은 곳도 가지 못했다.

책상 앞에 앉아 있어도 어차피 집중을 못 하니 그냥 소파에 눕거나 침대에 엎드려서 책을 봤고 그러다가 잠이 오면 그대로 한숨 자고 일어났다. 시험공부를 하다가도 꼭 보고 싶은 TV 프로그램이 있으면 봐야 했고 게임이 너무 하고 싶어서 근질거릴 때는 한두 시간만 딱 정해놓고 컴퓨터를 켜곤 했다. 그럴 때 꾹 참고 공부를 하는 것은 그냥 멍하게 앉아 시간을 버리는 일일 뿐이었다. 대신에 나는 책을 들여다보는 그 시간만큼은 최고의 집중력을 발휘하고 효율성을 극대화하는 방향을 택했다. 나는 천재형도 노력형도 아닌 '요령형'이었다.

이탈리아의 경제학자이자 사회학자인 빌프레도 파레토(Vilfredo Pareto, 1848~1923)는 '2080 법칙'이라는 것을 주장했다. 여러 가지 사회현상에서 전체 결과의 80%가 전체 원인의 20%로부터 발생한다는 것을 의미하는 일종의 경험법칙인데, 예를 들자면 상위 20%의 소비자가 전체 매출의 80%를 발생시킨다거나 하는 것이다. 여러 분야에서 다양하게 적용될 수 있는 법칙인데 공부와 관련해서 나는 이 2080 법칙을 이렇게 해석한다. 할 수 있는 최대 노력의 20%만 노력을 하면 내가 달성할 수 있는 최대 성과의 80%를 달성할 수 있다고. 대신 나머지 20%의 성과를 마저 채우려면 나머지 80%의 노력을 해야 한다고.

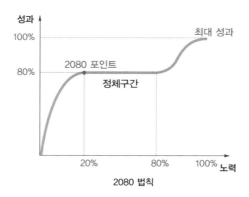

2080 법칙

어떤 공부를 백지상태에서 처음 시작할 때에는 조금만 노력을 해도 성취도가 쭉쭉 올라간다. 그러나 이내 정체 구간에 접어들게 되는데 이는 쉬운 내용은 이미 다 공부를 했고 어려운 내용만 잔뜩 남아서일 수도 있고, 아니면 이미 공부한 개념들끼리 충돌을 일으켜서 헷갈림을 유발하기 때문일 수도 있다. 또는 단순히 뇌에 과부하가 온 것일 수도 있겠다.

이 정체구간을 돌파하기 위해서는 아주 많은 시간과 노력이 필요하다. 큰 줄기를 단단히 붙잡고 사소한 의문점들을 하나하나 격파해나가다 보면 어느 순간 헷갈리던 것들이 당연한 것들이 되고 잡힐 듯 잡히지 않던 것들이 내 안으로 들어와 이해의 깊이가 깊어지는 순간을 경험하게 된다. 안타까운 사실은 이 최종 종착점이 사람마다 다를 수 있으며 열심히 한다고 해서 누구나 만점을 받을 수 있는 건 아니라는 것이다.

고3 때를 제외하고 내 관심사는 20% 지점을 정확히 찾는 것이었다. 최대 노력, 최대 성과가 아닌 20%의 노력만으로 80%의 성과를 낼 수 있는 소위 가성비 갑인 지점이다. (지금부터 이 지점을 '2080 포인트'라고 이름 붙이려 한다.) 대학생 때는 그게 잘 먹혔다. 연애도 해야 하고 술도 마셔야 하는데 언제 최대 노력을 하고 있을 것인가. 남들이 A를 목표로 노력하다가 60~70%에서 그치고 B를 받을 때 나는 깔끔하게 20%만 노력하고 B⁺를 받았다.

그러나 고등학생 때, 특히 고3 때 이 2080 포인트는 아무 의미가 없다. 누가 인생이 걸린 시험을 준비하면서 20%의 노력만으로 만족을 하겠는가. 그럼에도 내 학업의 기저에는 늘 2080 포인트에 대한 집념이 있었다. 항상 최소의 노력으로 최고의 성과를 내기 위해 고민했다. 왜냐고? 공부가 너무 하기 싫었으니까. 나는 청소도 공부도 좋아하는 사람이 아니었으니까.

이상한 소리처럼 들리겠지만 남들만큼, 또는 남들보다 더 많이 공부하고 남들보다 잘하는 건 왠지 반칙 같았다. 적게 하고 잘해야 의미가 있었다. 공부가 죽어라 하기 싫었기 때문에 학습량을 줄여야 했다. 정확히 말하자면 학습량이라기보다는 공부하는 시간 자체를 줄여야 했다. 그래야 버틸 수 있었다.

20%의 노력만으로 80%의 성과를 낼 수 있는 방법!

꾹 참고 공부를 하는 것은 그냥 멍하게 앉아 시간을 버리는 일일 뿐이었다. 대신에 나는 책을 들여다보는 그 시간만큼은 최고의 집중력을 발휘하고 효율성을 극대화하는 방향을 택했다. 나는 천재형도 노력형도 아닌 '요령형'이었다.

사춘기는 답이 없다

　내가 학원에서 하는 수업의 대상은 예비 중1부터 고3까지다. 그냥 중고등 전 학년이다. 그중 대략 고3을 제외하면 모두 정도의 차이가 있을 뿐 사춘기의 최전선에서 사투 중인 학생들이라 봐도 무방하다. 그래서 학부모 상담을 하다 보면 자연스럽게 사춘기 심리 상담이 되는 경우가 많다. 내가 사춘기 심리 전문가는 아니지만 그나마 학부모님들보다는 객관적인 입장이고, 또 내가 뚜렷한 솔루션을 제시하지 못한다 해도 그냥 들어드리고 공감해드리는 것만으로 학부모님들은 위안을 받으실 때가 많다. 물론 나도 미래에 내 아이들에게 사춘기가 온다면 지금처럼 객관적일 수만은 없을 것 같다. 음, 아직은 생각조차 하고 싶지 않다.

사춘기는 심리적, 정서적으로 독립을 시작하는 시기이다. 그동안 부모님과 선생님들이 알려준 온갖 질서와 가치에 의문을 갖기 시작한다. 이건 왜 이런 거지? 이건 왜 이러면 안 되는 거지? 어른들은 도대체 왜 그런 거지? 나는 왜 그동안 이걸 그대로 따라왔지? 그런 질문과 나름의 대답을 반복하며 스스로 가치관을 확립하고 정체성을 찾아간다. 나는 이런 게 좋아. 나는 이런 건 딱 싫어. 나한테는 이런 게 정말 중요해. 나는 이런 건 아무래도 상관없어.

생애 처음으로 자기 스스로 발견한, 또는 정의한 가치관은 그래서 더욱 소중하다. 내가 열렬히 좋아하는 그 아이돌은 엄마가 좋아하라고 시킨 것도 아니고 '팬질'을 어떻게 하는지 선생님이 알려주신 것도 아니다. 그가 실제로 어떤 사람인지도 크게 중요하지 않다. 나의 이상과 내게 소중한 가치를 응집시킨 '완벽'이란 프레임을 씌움으로써 그는 나의 페르소나가 되고 따라서 그를 사랑하는 것은 곧 나를 사랑하는 것이 된다. 사춘기는 이렇게나 저렇게나 '나'와 마주하는 시간인 것이다.

문제는 그 시기의 그들은 스스로의 민낯과 마주하기에 충분히 성숙하지 않았다는 점이다. 스스로 생각을 하고 선택을 하고 결론을 내리지만 세상에 대한 정보가 부족하고 책임감이 무르익지 않았기 때문에 숱한 시행착오를 겪고 서로 상처를 주고받는다. 그리고 그 끝은 딱 이 다섯 글자로 귀결된다. "아, ×× 몰라!" 시답잖은 일로 엄마한테 툭툭대다가 방문을 쾅 닫고 자기 방에 들어가버리면 거실에 남겨진 엄마는 황당하다. 쟤가 엄마 마음을 왜 저렇게 몰라줄까. 그런데 아이 또한 모진 말과 함께 문을 쾅 닫고 나면 마음이 편하겠는가. 엄마한테 왜 미안한 마음이 들지 않겠는가. 그저 '아, ×× 몰라!'를 연발할 뿐이다.

그들이 기성세대와 기존 질서에 반발하는 것을 어른들은 쉽게 '아직 어려서' 내지는 '뭘 잘 몰라서'라고 생각한다. 단순히 무지에서 비롯된 거라고 폄하한다. 일정 부분 그럴 수 있다. 그래서 어른들은 논리를 내세워 자꾸 설득하려고 한다. 하지만 그들은 이제 막 갖기 시작한 소중한 자신의 정체성에 다른 사람의 의견이 침범하는 것을 쉽게 허락하지 않으며 스스로 납득이 될 때까지 끊임없이 질문을 던진다. 그 과정에서 아직은 여린 자아가 상처받지 않으려는 각종 방어기제가 작동하게 되는데 어른들에게는 그것이 치기 어린 반항으로밖에 보이지 않는다.

그들의 이런 질문을 많이 들어봤을 것이다. "공부는 왜 해야 돼요?" "대학은 왜 가야 돼요?" 당신이라면 어떻게 답을 하겠는가? 인생이라는 게 어떻게 될지 모르는 것이기 때문에 일단 공부는 잘하고 봐야 한다, 나중에 성공 가능성이 높아진다, 공부가 그나마 가장 쉽다, 어른이 되면 뼈저리게 후회한다, 뭐 이런 말들을 할 요량이라면 그건 그들에게 결투 신청을 하는 것과 같다. 만일 그 결투에서 당신이 중무장한 논리로 그들을 KO시킨다고 한들 그들은 곧 현란한 '아, ×× 몰라!' 기술로 빠져나가버릴 터이며 악순환은 계속되리라.

　그들에게 필요한 건 설득이 아니다. 어차피 그들에게 납득이란 남의 말을 들어서 될 것이 아니라 스스로 이뤄져야만 의미가 있다. 사실 이미 답은 그들 안에 있다. 몰라서 그러는 게 아니다. 공부를 왜 해야 하는지 이미 알고 있다. 자세히는 모르더라도 대충은 분명 알고 있다. 단지 인정하기 싫은 것이다. 공부가 너무 하기 싫은 게 어디 나 하나뿐이겠는가. 그들 스스로 생각하게 해야 한다. 공부를 왜 해야 하는지 스스로 설득하고 납득하게 만들어야 한다. "공부를 왜 해야 하나요?"는 "공부하기 너무 힘들어요."라는

뜻이다. 몰아붙이지 말고 숨 쉴 틈을 줘야 한다. 존중하고
믿고 기다려주고 공감해주고 도와줘야 한다.

　사춘기 문제로 상담을 원하는 학부모님들은 대부분 이
미 시도해보지 않은 것이 없다. 어르고 달래도 보고, 보상
을 약속하기도 하고, 이것저것 다 안 되면 마우스를 숨기
고 와이파이를 끊고 강압과 협박까지도 해본다. 효과는?
물론 없다. 정말이지 공부하기 싫어하는 사춘기 학생을 책
상 앞에 앉히기란 쉬운 일이 아니다. 솔직히 답이 없다. 그
냥 버틸 수밖에 다른 방법이 없다. 학생들 대부분은 믿고
지켜봐주었을 때 일정 기간의 방황을 마치고 제자리를 찾
는 복원력을 지니고 있다. 물론 모든 학생이 다 그렇지는
않지만 확실한 건 어차피 강압적인 방법은 효과가 없다는
것이다. 너무 오래 또는 너무 힘들게 방황하는 학생, 돌아
올 마음이 전혀 없는 학생, 혹은 그 이상의 영역에 대해서
는, 안타깝지만 청소년 심리 전문가의 도움을 받으시라는
조언밖에 나로서는 달리 도리가 없다.
　사춘기, 방황할 수밖에 없는 그 시기가 인생에서 너무나
중요한 시기라는 사실이 참 야속하다. 마음껏 방황할 수도

없다니. 그렇다고 넋 놓고 있을 수만은 없다. 힘든 시기에는 오버페이스하지 않고 그저 끈을 꽉 붙든 채 놓치지 않고 잘 버티는 것, 그 또한 긴 호흡으로 보면 아주 중요한 전략이다. 자, 하루하루 힘들게 버티고 있는 당신의 자녀를 어찌저찌 책상 앞에 앉혔다. 이제 어떤 공부를 하게 할 것인가? 하루 종일 학원에 보내서 안 되는 공부가 될 때까지 붙잡아두고 시키겠는가, 아니면 최소한의 것만 유지하게 하며 숨통을 틔워줄 것인가?

공부는 왜 해야 돼요? 대학은 왜 가야 돼요?

사실 이미 답은 그들 안에 있다. 몰라서 그러는 게 아니다. 단지 인정하기 싫은 것이다. "공부를 왜 해야 하나요?"는 "공부하기 너무 힘들어요."라는 뜻이다. 몰아붙이지 말고 숨 쉴 틈을 줘야 한다. 존중하고 믿고 기다려주고 공감해주고 도와줘야 한다.

내 삶의 주인공은 나야, 나

"내가 실장 할 건데 네가 부실장 할래?"

중학교 3학년에 올라가자마자 반 1등인 친구에게 이 말을 들은 A 양은 자신을 아래로 내려 보는 듯한 친구의 태도에 자존심이 많이 상했다. 앞에선 크게 내색하지 않았지만 속으로는 부글부글 끓어올랐다. 자신도 공부를 곧잘 하는 편이었지만 그 친구에게 미치지 못한다는 사실이 분했고, 새로운 라이벌이 생긴 그날 이후 A 양의 학습 태도는 완전히 달라졌다.

B 군은 경쟁이 심하지 않은 고등학교에 진학해서 1학년 내내 전교 1등을 놓치지 않았다. 그러나 2학년에 올라가면

서부터 조금씩 느슨해지기 시작했고, 이런저런 이유로 조금씩 슬럼프가 찾아왔다. 결국 전교 1등의 자리를 다른 친구에게 내어주고 말았다. 그런데 새로 1등이 된 친구가 이번엔 자신이 B 군을 이겼다며 여기저기 자랑을 하고 다녔고, 느슨해졌던 B 군의 동기에 다시 불이 붙었다.

부모님이나 선생님들이 아무리 열심히 공부 방법을 알려주더라도 직접 해결해주기 어려운 부분이 있다. 바로 '동기부여'에 관한 것이다. 소위 학생들이 '정신을 차린다'라고 말하는 순간은 의외로 어이없는 데서 비롯되는 경우가 많다. 엄마가 공부 좀 하라고 그렇게 노래를 부를 때는 들은 척도 안 하다가, 이상한 포인트에서 자존심이 상해오더니 "나 이제부터 공부할 거야."라고 선언을 한다. 엄마 입장에서는 당연히 좋은 일이지만 한편으로는 이렇게 쉬운 일이었다니 허탈한 기분이 들 법도 하다.

나에게도 비슷한 순간이 있었다. 바로 고1 첫 중간고사 때였다. 중학교 때까지 나는 수학이 너무 쉬웠다. 학교에서 시험을 칠 때 15분이면 거뜬히 다 풀었고 문제를 틀려본 기억도 거의 없다. 고등학생이 돼서도 수학이 별달리 어려워 보이지 않아서 하던 대로 슬렁슬렁 공부했는데, 만만하게 봤다가 고1 첫 시험을 완전히 망쳐버리고 말았다. 보기에는 다 풀 수 있을 것 같은 문제들이었는데 깊이 공부를 하지 않았던 탓에 가장 쉽고 간결한 루트로 풀어내지 못했고 결국은 시간이 크게 모자랐다. 점수는 굳이 밝히지 않겠지만 시험이 끝난 후 왠지 모를 억울함에 눈물이 왈칵 쏟아졌다.

그때부터 다른 과목은 몰라도 수학 공부만큼은 '제대로' 하기 시작했다. 분량을 많이 늘려서 했다기보다는 학교 수업이 끝나고 나면 그날 배운 부분을 바로 복습했고, 같은 문제라도 누구보다 깊이 있게 고민했다. 결국 기말고사에서는 거뜬히 100점을 받았다. 안타깝게도 2학기 중간고사 때는 또다시 큰 실수를 해서 약간 미끄러졌지만 그 이후에는 졸업할 때까지 더 이상 수학 문제를 틀리지 않았다.

시련을 통해 자극을 받고 그 일이 동기가 되는 것, 가장 바람직한 루트가 아닐까 한다. 자존심 상하는 경험이 곧 새로운 동기가 된다는 것은 나름의 의미가 있다. 그 동기가 온전히 자기 자신을 위한 것이기 때문에 그렇다. 내 자아를 지키기 위한 전투를 시작하는 것, 그것은 결국 나를 아끼고 사랑해야 가능한 일이 아닐까?

나는 그렇게 생각한다. 자신을 사랑하는 것이 공부의 시작이라고. 오늘부터 공부를 열심히 하겠노라고 선언하는 것은, 덧없는 사춘기의 방황으로 내 미래가 피폐해져가는 것을 더 이상 방치하지 않고 내 삶을 소중히 하겠다는 말과 같다. 사춘기 학생들이 공부를 왜 해야 하느냐고 묻지만 이미 그들 스스로 답을 알고 있다고 앞서 말했던 이유도 같은 맥락에서다. 답은 이미 그들 안에 있다. 공부를 왜 해야 하느냐고? 그건 그저 당신의 삶이 소중하기 때문이다.

대학생 때 학교 도서관에는 늘 학생들이 많았다. 특히 시험기간에 도서관에서 자리를 잡는 건 그야말로 전쟁이었다. 그게 참 의아했다. 대학생이 된 후에는 더 이상 부모님들이 공부하라고 잔소리도 하지 않는데 고등학생 때보다 더 열심히들 공부하는 것 같아 보였기 때문이다. 자신의 선택에 책임감을 가지면 그렇게 되는 것이다. 적절한 동기만큼 강력한 것도 없다. 지금 당장 공부가 너무 하기 싫다면 억지로 책만 들여다보고 있을 게 아니라 동기를 찾는 일부터 우선하는 것이 좋다.

하나 보태자면, 순수한 동기라는 것은 쉽게 혼탁해지고 물러지기 마련이다. 자존심을 적절히 자극하는 경험이 '우연히' 계속해서 일어나기만을 바라고 있을 수는 없다. 그래서 동기는 꾸준히 강화되는 과정이 필요하다. 내가 발전해나감에 따라 목표는 꾸준히 재설정되어야 한다. 변화와 성장은 단계적이다. 언뜻 우리는 발전이라는 것이 연속적이라고 생각하기 쉽지만 실제로는 계단식으로 이루어지는 경우가 많다. 그 계단을 많이 만들기 위해서는 실현 가능한 작은 목표들을 단계적으로 배치해야 한다. 목표를 하나하나 달성해나가면서 달콤함을 맛보고, 그게 또다시 새로운 동기가 되는 선순환의 구조를 만들어야 한다.

물론 공부라는 것이 꼭 무언가를 보장해주지는 않을 수 있다. 공부가 성공이나 행복 따위를 담보해주는 것은 결코 아니다. 반드시 어떤 성과가 있기 때문에 공부가 중요하다고 말하는 것도 아니다. 목표를 가지고 하는 공부는 그 자체로 충분한 의미가 있다. 학생들은 이런저런 수만 가지 핑계로 공부가 무용함을 주장하지만 요즘 청소년들이 선망하는 연예인이나 유튜버, 프로게이머와 같은 직종에도 공부를 열심히 한 경험은 어떤 식으로든 큰 자산이 된다. 나의 경우에는 그랬다. 지금까지 삶의 방향을 크게 바꾼 몇 번의 큰 선택들이 있었다. 선뜻 내리기 어려운 결정들을 해야 할 때, 그간 쓸모없어 보였던 많은 공부의 흔적들이 내 선택의 뒤를 받쳐주고, 용기를 주고, 유무형의 형태로 여러 도움을 주었다.

아이돌 그룹 '워너원'이 그랬다. "오늘 밤 주인공은 나야 나……" 고작 오늘 밤만이 아니라 삶을 통틀어 내 인생의 주인공은 단연 나다, 나. Love yourself. 나중에 내 인생에 미안해지지 않으려면 지금 공부해라. 공부가 그나마 쉽다.

'동기부여'가 관건, 자신을 사랑하는 것이 공부의 시작이다!

내가 발전해나감에 따라 목표는 꾸준히 재설정되어야 한다. 목표를 하나하나 달성해나가면서 달콤함을 맛보고, 그게 또다시 새로운 동기가 되는 선순환의 구조를 만들어야 한다. 목표를 가지고 하는 공부는 그 자체로 충분한 의미가 있다.

1. 공부가 너무 하기 싫은 학생들에게

공부하기 싫지? 힘들지? 왜 해야 되는지 모르겠지? 안 믿을지 모르겠지만 쌤도 학생 때 공부가 너무 하기 싫었어. 그런데 예전에 읽었던 어떤 책에 이런 말이 있더라고. '용기'란 무서워하지 않는 것이 아니라 무섭지만 그래도 하는 거라고. 공부도 그런 게 아닐까 싶어. 좋아서 하고 즐기면서 하는 게 아니라는 거지. 누구에게나 그렇지 않을까? 공부를 곧잘 하는 사람이라고 하더라도 공부라는 것이 꼭 할 만해서 하는 건 아닌 것 같아. 공부가 하기 싫은 건 어떻게 보면 당연한 거니까 공부가 하기 싫은 자신의 모습을 나쁘게 받아들일 필요는 전혀 없어. 다만 약간의 용기가 필요할 뿐이지.

이 힘든 터널을 벗어나고 나면 너희에겐 뭐가 남을까? 사실 중고등학교에서 너희가 배우는 단편적인 지식들은 세상을 살아가는 데에 별로 필요하지 않아. 오히려 너희가 공부를 통해서 배우는 것들은 이런 거야. 읽고 쓰고 말하고 듣고 생각하는 방법, 세상을 바라보고 문제를 해결하는 방법, 규칙을 이해하고 따르는 방법, 계획을 세우고 목표를 달성하는 방법, 시련에 대처하고 이겨내는 방법, 이런 것들 말이야. 말하자면 너희는 무언가를 '배우는 방법'을 배우는 셈이야. 나중에 어떤 일을 하게 되든 세상을 살아가는 것은 결국 배움의 연속이니까. 지금의 노력이 나중에 너희가 진짜 하고 싶은 일을 할 수 있게 만드는 능력을 심어줄 거야. 너희도 모르는 사이에 말이야. 이걸 깨닫고 나면 책상 앞에 앉아 있는 시간이 조금은 더 의미 있게 느껴지지 않을까?

2

공부가 쉽지 않지?

자기주도학습은 독학이 아니다

부모님은 나에게 공부 관련해서 요구하시는 것이 거의 없었다. 거의 방목에 가까웠다. 물론 내가 스스로 알아서 잘할 거라고 믿어 그러셨겠지만 지금 와서 생각해보면 그분들도 참 대단하시긴 했다. 어머니가 내 학업에 관해서 결정을 내렸던 마지막이 초등학교 6학년 때 나를 집 근처 학원에 보내기로 한 일이었다. 그 이후 내 학업의 과정은 순전히 내 고민과 판단으로만 이뤄졌다.

그때 다녔던 학원은 그저 그런 동네 학원이었다. 중학교를 마칠 때까지 다녔던 그 학원에서 나는 수학과 영어 두 과목 수업을 들었는데 100점 받는 학생부터 40점 받는 학생까지 다 섞여 함께 공부했으니 개별 수준에 맞는 제대로 된 수업 같은 건 애초에 기대할 수가 없었다. 선행학습이란 것도 전혀 해본 적이 없었다. 친한 애들이 몇 있어서 그냥 놀기 삼아 다녔다. (사실 짝사랑하던 여학생도 있었다.) 그나마도 학원에 가기 싫은 날은 별다른 이유 없이 그냥 빠지기도 했다. 한번은 하던 게임의 끝판을 깨야 돼서 그날 하루 학원에 안 가겠다고 했는데 그때도 어머니께서는 대수롭지 않게 나보고 알아서 하라고 하셨다.

고등학생 땐 학원이란 곳을 거의 다니지 않았다. 잠깐잠깐 다닌 적은 있는데 기껏해야 한 달 정도 다니다 그만두곤 했다. 그 당시엔 요즘보다 대형 강의를 하는 학원이 많았다. 학원의 수가 지금보다 많지 않았고 소수의 유명한 선생님들이 학생들을 독식하는 일이 흔했다. 내가 잠깐 들었던 강의도 100~120명의 학생들이 빼곡하게 앉아서 기계처럼 받아 적는 그런 수업이었는데 그러다 보니 평균 정도의 학생들을 타깃으로 강의가 이뤄질 수밖에 없었다. 수업 자체가 재미없었고 나한테 맞지도 않았다.

다른 애들은 그런 숨 막히는 곳을 도대체 어떻게 꾸준히 다니는 건지 너무 신기했다. 물론 그때도 찾아보면 소수정예라거나 나한테 맞는 강의를 하는 학원이 얼마든 있었을 텐데 알아보기 귀찮았다. 딱히 알고 싶지도 않았다. 개인 과외는 너무 비싸서 생각도 해보지 않았다. 이것저것 머리 아파 그냥 혼자 하기로 했다. 그렇다. 학원 안 다니고 혼자 교과서 보고 서울대 갔다는 그 재수 없는 애가 여기에도 한 명 있다.

수학이란 과목을 학교 수업만으로 따라가는 것은 가히 가랑이가 여러 번 찢어질 만한 고행이었다. 학교에서 수학 수업을 듣고 나면 그날 자습시간에 곧바로 그 부분을 복습했다. 먼저 교과서를 보고 나서 문제집을 풀었는데 문제집에는 학교 수업이나 교과서에서 알려주지 않은 유형의 문제가 태반이었다. 푸는 데 시간도 오래 걸렸고 틀리기도 많이 틀렸다. 시중 문제집을 과정별로 딱 한 권씩만 사서 풀었는데 대신 누구보다 그 한 권을 깊게 봤다고 자부할 수 있었다. 공식이 나오면 내 손으로 직접 유도를 다 할 수 있어야 했고 한 문제를 풀 방법이 서너 가지가 있으면 그 서너 가지 방법으로 다 풀어봤다. 그러고는 해설지에 있는 풀이와 비교하면서 어떤 풀이가 가장 간결한지 또는 문제 의도에 맞는 것인지를 고민했다. 틀린 문제는 맞을 때까지 다시 풀고 맞추기 전엔 해설지를 절대 보지 않았다. 풀릴 듯

말 듯 한 문제를 끝까지 붙들고 늘어지다가 한 문제를 최대 2주까지 고민해본 적도 있었다.

그런데 며칠씩 고민하던 문제를 결국 내 손으로 완벽하게 풀어냈다고 치자. 그러면 기분이 어떨 것 같은지 짐작이 되는가? 해냈다는 성취감? 그런 건 없었다. 오히려 허무했다. 맞든 틀리든 이까짓 게 뭐라고 내가 지금 도대체 뭘 하고 있는 건가 싶었다. 지금까지 혼자서 공부했다고 말한 건 내가 잘했다고 하는 게 아니다. 이제와 생각해보면 수학 공부를 그런 식으로 했던 게 지금 내가 수학 강사를 하는 데 밑거름이 되었다고 할 수도 있지만 입시를 준비하는 수험생에게 적합한 방식은 절대 아니었다. 수학을 독학으로 공부했던 건 하나도 효율적이지 않았음을 인정한다. 미련하고 한심했다.

수학 한 과목만큼은 게으르지 않게 한번 공부를 해봤다. 그래서 너무 힘들었다. 수학에 흥미와 자부심이 있고 유난히 더 잘하고 싶은 욕심이 있었기 때문에 오기를 부린 것일 뿐 그 이상 아무것도 아니었다. 지금껏 학생들에게 수학 공부를 그런 식으로 하라고 말해본 적은 한 번도 없다.

오히려 내가 저질렀던 실수를 너희는 하지 말라고 말한다. 그때의 내가 지금의 나 같은 선생님을 만났다면 어땠을까 하는 생각을 많이 하는데, 너희는 실제 지금의 나를 선생님으로 만났으니 나를 최대한 많이 써먹고 활용하라고 말해준다.

그런데 진짜로 그때의 내가 지금의 나 같은 선생님을 만났다면 어땠을까? 고등학생 때 삼각함수 단원이 유난히 어렵고 개념이 잡히지 않아 고생했던 기억이 난다. 그래서 그냥 통째로 외워버렸다. 그런데 나중에 수학 선생이 되고 나서 보니 그때 이해가 안 됐던 문제들이 아무것도 아닌 게 돼버렸다. 이 쉬운 걸 그때의 나는 왜 이해를 못 했을까? 누군가를 가르치기 위한 연구가 그만큼 학생의 공부보다 더 깊이가 있어서 그런 것일 수도 있지만 그때 내가 했던 공부가 얼마나 서툴고 허접했는지를 알 수 있는 대목이기도 하다. 지금의 나라면 그때의 나에게 삼각함수 따위 간단하게 이해시킬 자신이 있다. 그랬다면 당연히 그때의 나는 훨씬 더 적은 노력으로 수월하게 공부할 수 있었을 것이다.

언제부턴가 교육 업계에서는 이른바 '자기주도학습'이라는 것이 학습의 한 트렌드로 자리를 잡았다. 획일적인 공부가 아닌, 자신에게 가장 잘 맞는 방법을 스스로 찾아내고 적용하는 것은 학업 전반에 걸쳐 너무나 중요한 스텝이다. 그리고 이 과정을 얼마나 잘 해내느냐 하는 것은 성공과 실패를 판가름하는 핵심 변수가 충분히 될 수 있다.

처음 이 용어가 유행처럼 쓰이기 시작했을 때 일선 학원들 중에는 자기주도학습을 할 수 있게 가르친다는 광고를 내건 곳들이 있었다. 당시 일부 언론에서는 스스로 해야 할 것을 학원에서 가르치겠다니 웃기는 일이라며 사교육에 지나치게 의존하는 교육 현실을 냉소적으로 다루기도 했다. 그 학원들이 실제로 그에 걸맞은 교육 철학을 가지고 있는지는 모르겠다. 하지만 자기주도학습이 학원을 통해서 이뤄질 수 있는 것이 아니라고 생각하진 않는다.

학원이 됐든 뭐가 됐든 그때의 나에겐 지금의 내가 필요하다. 문제가 잘 풀리지 않을 때 해설지를 좀 참고하면 어떤가. 깊이 들여다보고 충분히 내 것으로 만들면 되는 것 아니겠는가. 마찬가지로 그동안 해왔던 공부 방법에 문제가 있다면 아집을 버리고 전문가의 말에 귀 기울여보라.

문제를 인정하고 새로운 공부법을 받아들이는 것, 이를 자신에게 알맞은 방법으로 적용하고 온전한 자기의 것으로 만드는 것, 이것이 진정한 자기주도학습이고 공부를 가장 쉽게 효율적으로 할 수 있는 방법이다. 자기주도학습은 독학이 아니다.

문제가 잘 풀리지 않을 땐 해설지를 참고해도 된다!

문제를 인정하고 새로운 공부법을 받아들이는 것, 이를 자신에게 알맞은 방법으로 적용하고 온전한 자기의 것으로 만드는 것, 이것이 진정한 자기주도학습이고 공부를 가장 쉽게 효율적으로 할 수 있는 방법이다.

'나쁜 일'이 되어버린 '착한 일'

밤 10시, PC방의 모니터에는 이런 메시지가 나온다.

"밤 10시가 되면 청소년 여러분들은 사용할 수 없습니다."

노래방이나 오락실도 마찬가지다. 청소년보호법에 의해 밤 10시부터 다음 날 아침 9시까지는 보호자가 동행하지 않고서는 청소년이 해당 시설을 이용할 수 없다. 청소년들의 가출을 막기 위해 찜질방 이용도 제한된다. 반면 영화관은 이런 규제를 받지 않는다. 예전에 청소년 탈선의 온상으로 인식됐던 당구장도 이제는 오히려 건전한 체육시설로 간주되어 청소년 이용시간의 제한이 없다. PC방이나 오락실이야 게임중독이라는 명분이라도 있지만 영화관이나 당구장의 경우를 보면 노래방 입장에서는 조금 억울할 만도 할 것 같다.

밤 10시가 되면 청소년들은 근로를 할 수도 없다. 청소년이 아르바이트를 하기 위해서는 부모의 동의가 반드시 필요하며 연령제한, 시간제한 등 조건이 매우 까다롭다. 미성년자인 아이돌 가수는 밤 10시 이후에는 공연을 할 수도 없고, TV 프로그램 촬영을 해서도 안 된다. 모두 근로 행위로 간주되기 때문이다.

청소년들에게 밤 10시는 신데렐라의 밤 12시와도 같은 시간이다. 노는 것도 안 되고 일하는 것도 안 되고 곧장 집으로 향해야 한다. 그렇다면 공부는?

지역에 따라 차이가 있지만 많은 지역에서 밤 10시 이후 청소년을 대상으로 하는 학원 수업이 금지되어 있다. 늦었으니까 공부를 더 하려면 집에 가서 해야 하는 게 당연한 것 아니냐고? 그런데 독서실은 청소년들이 새벽까지 앉아서 공부를 해도 아무런 문제가 없다. 적어도 귀갓길이 위험하니 10시에 마치라는 얘긴 아닌가 보다. 그럼 뭐지? 독서실에서 하는 공부는 자발적인 공부고 학원에서 하는 공부는 학원 강사들이 학생들을 납치라도 해서 억지로 붙잡아두고 시키는 공부라고 생각하는 걸까? 이 법을 만든 사람들의 관점에서 학원은 청소년들의 탈선을 부추기는 청소년 유해시설이라도 되는 것처럼 보이는 걸까? 가출 청소년들이 밤 10시가 넘으면 학원 강의실에 모여서 담배라도 피운다는 건지…… 모르겠다. 나야 뭐 내 퇴근시간을 나라에서 보장해주니 좋기는 하다. '저녁이 있는 삶'과는 애초에 거리가 먼 직업이지만 적어도 '심야가 있는 삶'은 살 수 있으니 말이다.

밤 10시 제한 외에도 학원들이 받는 제약은 많다. 학생들의 기본권을 보장하기 위한 것이라고 하지만 실상은 '사교육 죽이기'에 지나지 않는 경우가 많고, 이런 것들이 결과적으로는 학생들의 기본적인 학습권을 오히려 침해하는 결과를 낳기도 한다. 대표적인 것이 이른바 '선행학습 금지법'이라고 불리는 '공교육 정상화 촉진 및 선행교육 규제에 관한 특별법'이다. 아, 이름도 참 길고 어렵다.

공교육 현장에서 선행학습을 진행하지 않도록 가이드라인을 설정해놓은 것은 일정 부분 이해가 되기도 한다. 하지만 학원, 교습소 등에서 선행학습을 유발하는 광고를 할 수 없다고 규정해놓은 조항에 대해 처음 들었을 때 나는 내 귀를 의심했다. 취지도 불분명하고 근거도 빈약하다. '광고 또는 선전'을 하여서는 아니 된다고 하지만 이는 곧 '언급' 자체를 하지 말라는 얘기고, 결국 '선행학습은 나쁜 것이니 하지 말라'는 소리다. 정확히 그런 의미는 아닐지 언정, 적어도 그런 뉘앙스를 주기에는 충분하다.

밤이 되면 학원 교습을 받을 수 없는 나라. 더 많이 공부할 능력과 의지가 있어도 앞서가서는 안 된다고 금지하는 나라. 학생의 기본권이 중요하다지만 학습권은 제한하는 나라. 공부하겠다는 사람 바짓가랑이 붙잡고 뜯어말리는 나라. 교육열은 세계 1위이지만 정작 마음껏 공부할 자유는 주어지지 않는 세계 유일의 나라. 교육공화국 대한민국의 안타까운 민낯이다.

선행학습은 죄가 없다. 공교육 현장이 무너진 원인을 엉뚱한 곳에서 찾지 않았으면 한다. 예전 한때 몸담았던 어느 학원에서 수백 명의 학부모들을 강당에 모아놓고 설명회를 진행한 적이 있었다. 그 학원의 원장님은 '선행학습'

이라는 단어를 언급해야 할 때 '착한 일'이라고 말을 바꿔서 썼다. 선행학습 금지법 때문에 공식적인 자리에서 그 단어를 언급할 수 없어 발음이 같은 '선행善行'의 의미를 차용한 것이다. 그야말로 악법이 만들어낸 촌극이 아닐 수 없다. 게다가 '착한 일'이라고 불리는 이 일을 누군가는 '나쁜 일'이라고 규정해버린다니 이 또한 참 기묘한 일이 아닐 수 없다.

말이 나온 김에 이쯤에서 '선행학습'에 관한 이야기를 좀 해볼까 한다. 선행학습은 정말 나쁜 것일까? 해야 할까, 말아야 할까? 우선, 선행학습이 가장 필요한 과목이라 하면 단연 수학을 꼽을 수밖에 없다. 국어나 영어는 책마다 내용이 다르고 학년별 과정이 명확하지 않기 때문에 선행의 기준도 모호하다. 과학은 내용도 워낙 어렵고 해서 선행을 많이들 하긴 하지만 과목 자체가 수학만큼의 대표성이 있지는 않다. 그러니 여기서 말하는 선행학습은 수학한 과목에 관한 것으로 국한하기로 하겠다.

학생 때 나는 선행학습을 거의 하지 않았는데 크게 딱두 번 선행학습을 경험한 적이 있다. 첫 번째는 초등학교 3학년 때였다. 이웃에 사는 누군가가 한 학년 위의 수학 공부를 한다길래 나도 한번 해볼까 하고 무턱대고 4학년 수학 문제집을 한 권 샀다. 첫 단원이 공약수, 공배수에 관한 내용이었던 걸로 기억하는데 책에는 최대공약수와 최소공배수의 의미는 설명이 돼 있었지만 최대공약수와 최소공배수를 구하는 자세한 방법은 설명이 없었다. 결국 나는 모든 문제를 일일이 약수와 배수를 빽빽하게 다 적어가며 풀었고 '4학년 공부는 엄청 재미가 없구나.'라고만 생각을 했다. 그런데 4학년이 되자 학교에서 선생님이 기가 막힌 방법을 알려주셨고, 혼자 힘들게 풀었던 문제들이 단 몇 초 만에도 풀리는 것들이었음을 깨닫게 되었다. 그래서 선행학습 따위 의미가 없고 앞으로 하지 않겠다고 마음을 먹었다.

두 번째 선행학습의 경험은 중학교 2학년 때였다. 당시 나는 관할 교육청에서 진행했던 '심화반'이라고 하는 교육 프로그램에 참여한 적이 있었다. 여러 학교에서 학업성적이 우수한 학생들을 선발하여 방과 후 한 학교에 모아놓고 심화교육을 시키는 것인데, 수업 첫날 갔더니 수학 선생님이 대뜸 중3 인수분해 문제를 풀어보라고 하셨다. 안 배웠다고 했더니 오히려 그 선생님은 "아니, 이 반에 인수분해를 할 줄 모르는 학생이 있단 말이야?"라며 의아해하셨다. 정작 더 놀란 건 나였다. 여기서 나 빼고 다 선행을 하고 있었다니. 난 진짜 다들 그렇게까지 하는 줄 전혀 몰랐었다. 모두가 잘 아는 내용을 나 한 사람 때문에 자세히 설명할 수 없었던 그 선생님은 나를 방치하다시피 하셨고, 뒤처지기 싫었던 나는 오기로 독학을 해서 결국 그 반의 어느 누구보다 인수분해를 잘하게 됐다. 단, 혼자 급하게 하느라 체계적으로 익힌 게 아니어서 방법이 투박했고, 가끔 정석적인 방법과 호환이 되지 않는 경우가 있었다.

이런 반복적인 경험을 하면서 나는 선행학습이 딱히 필요한 것은 아니라는 생각을 갖게 됐다. 선행학습을 거의 하지 않고도 나는 결국 수학을 극복했으니까. 하지만 생각해보면 내가 했던 경험들은 선행학습의 문제가 아니라 독학의 한계에 더 가까운 것들이었고, 강사 생활을 나름 오래 한 지금의 내 입장은 선행학습에 대해 훨씬 더 우호적인 방향으로 바뀌어 있는 상태다. 학생들을 가르치고 지켜보면서 선행학습이 꼭 필요하거나 큰 도움이 되는 경우들을 많이 접해왔기 때문이다. 강사의 입장에서 선행학습에 관한 여러 질문에 답을 해보자면 이렇다.

Q: 선행학습이 꼭 필요할까?

A: 학부모님들한테 가장 많이 받는 질문 중의 하나이다. 결과부터 말하자면 반드시 필요한 것은 아니다. 학생들이 선행학습을 처음 시작하게 되는 가장 흔한 계기는 불안함이다. 꼭 해야 해서 하는 게 아니라 주변에서 다들 한다고 하니 안 하면 큰일 날 것 같아서 하는 것이다. 그러나 선행학습을 많이 하지 않고도 좋은 결과를 얻는 학생들 또한 종종 보아왔을 뿐 아니라, 결과가 좋지 않은 학생들의 경우라도 그 원인이 선행의 여부와 관계가 있다고 판단된 적은 거의 없었다. 선행학습은 말 그대로 좀 더 먼저 공부하는 것이고 그 결과로 여러 번 반복할 수 있게 해주는 것이지 더 잘할 수 있게 해주는 충분조건은 아니다.

Q: 선행학습이 도움이 되기는 할까?

A: 도움이 된다. 수학을 잘하는 학생들에게는 현행보다 더 수준에 맞는 과정을 배우면서 동기부여가 되고 지적 호기심이 자극되는 효과가 있다. 숲을 보고 나서 나무를 보

듯, 뒤의 과정을 다 배우고 난 다음 앞의 과정을 복습하게 되면 이 내용이 나중에 어떻게 연결되고 확장되는지를 알기 때문에 이전에는 보이지 않던 것들이 더 잘 보이고 큰 그림이 그려지는 효과도 있다. 수학에 자신감이 부족한 학생들에게는 선행학습이 해당 과정을 여러 번 반복해서 공부할 수 있는 기회를 준다. 특히 고등학교 2학년 이후의 이과 과정은(문과 이과 구분이 없어졌다고 하지만 이름만 없어졌을 뿐 사실상의 구분은 여전히 그대로 존재한다) 어렵기도 어렵고 분량도 워낙 많아서 학년대로 따라가기만 해서는 반복해 공부할 시간적 여유가 턱없이 부족하기 때문에 미리 선행을 해두는 것이 도움이 된다.

Q: 문제점은 없을까?

A: 한계가 있다. 선행학습은 당장 눈앞의 내신시험을 전제로 하는 것이 아니기 때문에 학습의 동기가 유지되기 어렵고 완성도가 담보되지 않는다. 완성도라 함은 주로 학생들이 시험공부를 하느라 스스로 의지를 갖고 반복해서 문제를 풀 때 생기는 것인데, 선행학습은 그런 식으로 공부

하지 않기 때문에 대부분의 학생들은 큰 틀의 개념 정도만 기억할 뿐, 세부적인 사항은 배우고 돌아서면 까먹는 일이 태반이다. 그래서 효율적이지 않다. 그리고 기본기가 탄탄한 상태가 아니라면 어차피 수준을 벗어난 내용은 이해도 되지 않고, 또 진도만 욕심내서 속도를 높여 달려봤자 별로 효과도 없다. 그저 내가 놀지 않고 뭔가를 하고 있다는 위안 정도만 줄 뿐이다.

Q: 어떤 아이들한테 선행이 필요한가?

A: 스스로 학습 의지가 있어야 한다. 말했다시피 선행학습은 돌아서면 까먹기 십상이기 때문에 본인의 의지가 없이 선행학습을 하는 것은 시간만 버리는 일일 뿐이다. 그리고 현재 학년까지의 개념이 충분히 잘 잡혀 있어야 한다. 그렇지 않은 상태로 선행과 현행, 두 마리 토끼를 동시에 다 쫓으려 하면 십중팔구 두 마리 다 놓치고 말 것이다. 그러니 기본기가 부족하거나 그다지 열심히 하지 않을 게 뻔하다면 그냥 현재 학년에 집중하는 쪽이 장기적으로 훨씬 이득이다.

Q: 진도를 어느 정도 앞서가는 것이 좋을까?

A: 능력껏 하면 된다. 예비고1 수업을 하다 보면 고1 과정을 초등학교 때부터 보기 시작해 네 번, 다섯 번 봤다고 하는 학생이나 이제 갓 한 번 본 학생이나 별반 차이가 나지 않는 경우가 많다. 어차피 너무 어릴 때 지나친 선행은 효율도 떨어지고 학습 의욕만 꺾을 뿐이다. 그래서 나는 일반적인 경우 중3 시작할 때 고1 과정의 선행을 시작하는 정도를 추천할 때가 가장 많다. 하지만 이는 워낙 개인차가 큰 부분인지라 학생에 따라 천차만별이다. 『논어』, 『맹자』를 읽을 수 있는 아이에게 동화책만 계속 읽힐 필요는 없다.

선행학습과 비슷하게 이야기해볼 수 있는 주제로 영어 조기교육을 들 수 있다. 지금도 많은 사람들이 영어만큼은 아주 어린 나이에 배워야 효과적이라고 믿고 있다. 영어를 배울 때 우리말이 방해가 되기 때문에 우리말을 잘 모를 때 영어를 배워야 편견 없이 모국어 익히듯 영어를 익힐 수 있다는 것이다. 그 아이가 평생 영어권 국가에서 살며 영어를 제1 언어로 사용할 거라면 당연히 그렇다. 하지만 한국에 살고 한국말을 기본으로 하면서 영어를 한국말만큼 잘하기를 바라는 거라면 조기교육은 오히려 좋은 방법이 아니라고 말하는 전문가들이 많다. 너무 어릴 때부터 영어를 배우면 언어의 구조적인 차이를 충분히 이해하지 못한 상태에서 한국말에 관한 지식과 영어에 관한 지식이 충돌을 일으키고 혼란을 야기하기 때문에 언어발달이 오히려 더 느려질 수 있다고 한다. 실제로 같은 조건에서 영어를 배우기 시작할 때 어린아이보다는 성인의 학습 속도가 현저하게 더 빠르다는 연구 결과도 있다. 조기교육이 중요하다고 하는 것은 무지에서 비롯된 편견일 뿐이다.

내가 학교를 다니던 시절 '사당오락四當五落'이라는 말이 있었다. 하루에 네 시간 자면 대학에 붙고 다섯 시간 자면 떨어진다는 뜻이다. 나중에 학원 강사가 되고 나서 보니 어느덧 이 말은 '사당삼락四當三落'으로 바뀌어 있었다. 4년 치를 선행하면 붙고 3년 치만 선행을 하면 떨어진다는 얘기다. 입시에 관해 들어본 말 중 가장 멍청한 말이다 싶은 생각이 들었다. 선행학습이든 조기교육이든 본질을 잊지 않았으면 한다. 더 잘하기 위한 하나의 수단일 뿐 빨리 가는 것이 그 자체로 목적은 아니기에.

당장 내신시험의 부담이 없기 때문에 선행학습은 꽤 할 만한 공부이다. 잘만 하면 도움도 많이 될 것이다. 막연한 불안함을 해소시켜주는 효과도 있다. 하지만 급하지 않기 때문에 많이 까먹고, 그렇기 때문에 효율적인 공부는 아니다. 그리고 지나치게 멀리 간다면 어렵기만 하고 재미없는 공부가 된다. 효율적이지 않은 방법을 내가 강력하게 추천할 리 없다. 선행학습, 능력껏 하고 잘 활용하되 남들 다 하니까 나도 해야 되나 하는 부담감은 내려놓아도 좋을 것 같다. 고속도로에서 칼치기를 하던 자동차들처럼 어차피 나보다 먼저 앞서간 애들도 때가 되면 다 제자리에서 다시 만나게 될 테니까.

선행학습, 해야 할까 말아야 할까?

스스로 학습 의지가 있어야 한다. 잘만 하면 도움도 많이 될 것이다. 막연한 불안함을 해소시켜주는 효과도 있다. 하지만 능력껏 하고 잘 활용하되 남들 다 하니까 나도 해야 되나 하는 부담감은 내려놓아도 좋을 것 같다.

파도의 흐름을 잘 활용하라

대학생 때 호주로 배낭여행을 갔었다. 한 달 남짓한 여행 중 일주일 정도를 브리즈번에 사는 호주인 친구 닉과 릴라 부부네 집에서 묵었다. 두 사람 다 내가 영어회화 학원을 다닐 때 나의 선생님이었는데, 그들이 호주로 돌아간 후 나를 자신들 집으로 초대해준 것이었다.

닉은 한국에 오기 전 호주 해군에 자원해서 4년간 복무하기도 했던 남자 중의 남자였다. 특히 그는 스쿠버다이빙이나 서핑 같은 해양 레포츠에는 완전 전문가라고 할 수 있을 정도의 마린보이였다. 하루는 닉이 서핑을 가르쳐주겠다며 나를 집 근처의 바다로 데리고 갔다. 그곳은 관광지도 아니고 현지인들만 찾는 작은 해변이었다. 파도가 거칠기 그지없었는데 안전요원이나 안전선조차 찾아볼 수 없는 그런 곳이었다. 그런데 해변에 도착하자마자 거친 파도를 보고 잔뜩 흥분한 닉은 전문가용 서핑보드를 들고서 혼자 먼바다로 달려가버렸고, 나는 넓적한 초심자용 서핑보드를 들고 선 채 혼자 해변에 남겨졌다.

'나도 이거나 한번 타볼까?' 뭣도 모르고 서핑보드에 배를 깔고 엎드렸다. 하지만 기본도 모르는 채로 파도에 몸을 맡기는 건 생각보다 쉬운 일이 아니었다. 무엇보다 바다로 몇 걸음 걸어 들어간 다음 밀려오는 파도를 타고 해변으로 돌아오는 식으로는 고작 몇 미터밖에 이동할 수 없어 고생에 비해 재미가 덜했다. 그러다 문득 이런 생각이 들었다. '방향을 한번 바꿔볼까?'

방향을 바꿔서 먼바다 쪽을 향해 서핑보드에 배를 깔고 파도를 맞서자 갑자기 상황이 크게 달라졌다. 다가오는 파도를 몇 번 넘다 보니 나도 모르는 사이 보드가 앞으로 쭉쭉 나아가고 있었다. 채 몇 번의 파도를 넘지도 않은 것 같은데 뒤를 돌아보니 이미 육지가 까마득했다. 쓰던 안경도 벗어놓고 온 터라 해변의 사람들이 선명하게 보이지도 않았다. 발이 땅에 닿지 않는 것은 당연했고, 수심이 어느 정도일지, 발밑에 어떤 위험한 생물체들이 있을지 가늠도 되지 않았다. 덜컥 온몸이 서늘해져왔고, 육지로 돌아가기 위해 방향을 돌려서 발장구를 치기 시작했다. 그러나 문제는 그때부터였다. 어라, 아무리 발장구를 쳐도 왜 내가 계속 제자리에 있는 거지?

흔히들 파도는 먼바다에서 육지 쪽으로 친다고만 생각하나 파도에는 여러 종류가 있다. 그중 육지에서 바다 쪽으로 치는 파도를 '이안류(離岸流, rip currents)'라고 한다. 이 이안류라는 것이 생각보다 엄청 위험한 놈이어서 매년 여름이면 해수욕장에서 이안류에 먼바다까지 쓸려가 위험에 처한 피서객들의 이야기가 뉴스에 나오곤 한다. 이안류를 만났을 때 웬만한 수영 실력으로는 이를 뚫고 육지로 돌아오기가 쉽지 않다. 이때 취할 수 있는 방법으로는 파도를 정면으로 맞서지 말고 45도 대각선 방향으로 수영을 하는 방법, 또는 파도의 영향을 최대한 덜 받을 수 있도록 잠수하여 이동을 반복하는 방법 등이 있다고 한다.

호주 브리즈번의 이름 없는 어느 바다에서 물귀신이 될 뻔했던 스물세 살의 나는 안타깝게도 그런 정보를 전혀 알지 못했다. 두 팔로 서핑보드를 꼭 붙잡고 발장구를 쳐서 몇 미터 겨우 이동하면 여지없이 높은 파도가 밀려오면서 나를 제자리로 되돌려놓았다. "어림없다!" 하고 으름장을 놓는 것 같았다. 짠물도 많이 먹고 눈도 제대로 뜨기가 쉽지 않았는데 무엇보다 행여나 서핑보드를 놓쳐버릴까 그게 제일 무서웠다. '혹시 이 서핑보드를 버리고 두 팔까지 이용해서 수영을 하면 갈 수 있지 않을까?' 처음 이 생각을 했을 땐 여유가 조금 있었는지 내가 살아 돌아가더라도 닉이 자기 서핑보드를 내 맘대로 버렸다고 화를 낼까봐 보드를 버리지 못했다.

그러는 사이 계속 파도에 휩쓸리며 물을 먹었다. 겨우겨우 버티는 가운데 체력이 많이 떨어졌고, 나중에는 이 보드를 버렸는데도 수영을 해서 돌아갈 수 없다면 바로 죽겠구나 싶은 생각에 차마 보드를 버릴 수가 없었다. 그리하여 나는 용감하고 앳되고 수영을 엄청 잘하는 어느 이름모를 호주 소년에 의해 구조될 때까지 몇 분 동안을 얇은 보드 하나에 의지한 채 바닷물을 실컷 마시며 그저 제자리에 버티고 있을 수밖에 없었다.

그 일을 겪은 후 나는 살면서 큰 일이 있을 때마다 '흐름'이라는 것에 대해 생각해보게 됐다. 내가 맞는 방향으로 가고 있는 것일까? 큰 흐름을 거스르고 있지는 않을까? 흐름을 잘 타면 단숨에 먼바다까지 나갈 수도 있지만, 흐름에 잘못 맞서면 아무리 발장구를 쳐도 제자리일 수 있으니까. 이 방향이든 저 방향이든 거친 파도에서는 원하는 대로 이동이 어려운 법이다.

세상을 살아가는 일도, 사람을 만나는 일도, 그리고 공부를 하는 일도 마찬가지인 것 같다. 앞서 사춘기의 버티기에 관해 이야기했듯 맞지 않는 흐름에서는 힘을 아끼고 원하는 흐름에 힘을 집중할 필요가 있다. 우리의 '힘'은 무한하지 않기 때문에 잘 아껴 쓰지 않으면 쉽게 고갈되고 만다. 때로는 잘 버티는 것도 전략이다. 내가 그때 서핑보드를 버리지 않았던 것은 정말이지 두고두고 생각해도 잘한 일이었다.

한번 돌이켜보자. 어쩌면 내가 지금 파도에 맞서듯 엉뚱한 곳에 괜한 힘을 허비하고 있을 수도 있다. 오로지 숙제를 위한 숙제를 하느라 실컷 고생하고도 공부가 전혀 안 되고 있는 것은 아닐까? 의미 없는 필기만 팔 빠지도록 해놓고 머릿속은 오히려 비워놓지는 않았을까? 시험공부를 하느라 밤은 새웠는데 정작 컨디션 관리를 못 해서 시험을 망치는 일은 없었던가? 이런 우려들이 곧 우리가 효율적인 공부를 해야만 하는 이유이다. 잘못된 방법으로 공부하느라 힘만 잔뜩 빼고 의지를 잃어가고 있지는 않은지 한 번쯤 생각해볼 일이다.

존 스트레레키John P. Strelecky의 『세상 끝의 카페』라는 책에는 내 경험과 어느 정도 비슷한 이야기가 나온다. 내가 하고 싶은 말과도 맥이 닿는 이야기여서 한 대목 소개하고자 한다. 밤길을 헤매다 우연히 들어가게 된 카페, 그곳에서 만난 케이시는 하와이에서 스노클링을 하다가 발견한 녹색 바다거북에 대해서 이런 이야기를 한다.

"아래쪽을 내려다보니 바다거북은 바로 제 발밑에서 먼바다 방향으로 헤엄쳐 가고 있었어요. 저는 그냥 수면 위에 떠서 한동안 바다거북을 지켜보기로 했지요. 바다거북은 가끔씩 발을 흔들기도 하고 가끔은 그냥 물 위에 떠 있기도 하면서 아주 천천히 움직이는 것처럼 보였어요. 하지만 막상 제가 바다거북을 따라가려고 하니까 도저히 따라잡을 수가 없었어요. 의외였죠. 그때 저는 물갈퀴를 끼고 있어서 제법 빠르게 헤엄칠 수도 있었고, 속도를 내는 데 방해가 될 만한 구명조끼 같은 것도 안 입고 있었거든요. 그런데 아무리 애를 써도 바다거북을 쫓아갈 수가 없는 거예요. 결국 바다거북은 점점 제게서 멀어져갔죠."

(중략)

"물 위에 동동 뜬 채로 가만히 지켜보니까, 바다거북은 물의 흐름에 맞춰 움직이고 있더라고요. 파도가 바다거북 쪽으로 다가올 때 거북은 그냥 떠 있기만 했어요. 그냥 그 자리에서 자세를 유지할 수 있을 정도로만 파닥거렸죠. 그러다가 파도가 먼바다 쪽으로 쓸려갈 때는 열심히 파닥거리는 거예요. 자기가 나아가려는 방향으로 갈 때 파도의 힘을 적극 활용하고 있었던 거예요."

"바다거북은 결코 파도를 거스르는 방향으로 헤엄치지 않았어요. 대신 파도를 이용했죠. 제가 바다거북을 따라잡을 수 없었던 건, 저는 파도의 흐름과 상관없이 계속 파닥거렸기 때문이었어요. 처음에는 크게 무리가 없었어요. 적어도 바다거북을 놓치지는 않았으니까요. 사실 바다거북과 속도를 맞추기 위해서 일부러 다리를 좀 천천히 휘저어야 할 때도 있었죠. 그런데 밀려드는 파도를 거스르면 거스를수록 더 피곤해지는 거예요. 그러다 보니 파도가 쓸려 나갈 때는 이 파도를 이용해서 빨리 나아갈 힘이 남아 있지 않았던 거죠."

"파도치는 횟수가 늘어날수록 저는 점점 더 지치고 효율이 떨어졌어요. 하지만 바다거북은 파도의 흐름을 최적의 상태에서 잘 활용하고 있었기 때문에 저보다 훨씬 더 빨리 헤엄쳐 갈 수 있었던 거예요."

— 『세상 끝의 카페』(북레시피), p. 105~108

때로는 잘 버티는 것도 전략이다!

맞지 않는 흐름에서는 힘을 아끼고 원하는 흐름에 힘을 집중할 필요가 있다. 어쩌면 내가 지금 파도에 맞서듯 엉뚱한 곳에 괜한 힘을 허비하고 있을 수도 있다. 잘못된 방법으로 공부하느라 힘만 잔뜩 빼고 의지를 잃어가고 있지는 않은지 한 번쯤 생각해볼 일이다.

노오력을 꼭 해야 할까?

내가 아는 어떤 학생에 관한 이야기를 잠깐 해보겠다. 참고로 나한테 배웠던 학생은 아니다. 그 학생은 어려서부터 늘 전교 1등을 해왔다. 공부를 잘하는 것 이상으로 정말 열심히 했다. 중학생 때부터 누가 시키지 않아도 매일매일 새벽 1~2시까지 공부를 했다. 웬만한 문제집은 다 사다 풀었고 웬만한 유형의 문제들은 다 외워버렸다. 주요 과목은 기본이고 예체능까지 완벽해야 했다. 체육 실기시험으로 자유투 던지기를 할 때는 일주일 전부터 매일 학교 마치고 밤 10시까지 혼자 어두운 학교 운동장에서 농구공을 던졌다고 했다. 정말 의지와 오기만큼은 그 누구에게도 뒤지지 않는 그런 학생이었다.

고등학교도 수석 입학을 했다. 이대로 계속 완벽할 것만 같았다. 그러나 이상신호가 감지되기 시작한 것은 고1에서 고2로 올라갈 무렵이었다. 언제부터인가 열심히 해도 이해가 잘 되지 않는 내용이 점점 많아졌다. 공부하는 시간을 더 늘렸지만 해야 할 양은 더 많이 늘어났고 감당이 안 될 정도가 되자 좀처럼 책이 눈에 들어오지 않았다. 전교 1등을 놓쳤을 뿐 아니라 어느 순간부터는 최상위권을 유지하는 것조차 힘들어졌다. 슬럼프는 점점 길어졌고 끝내 극복하지 못했지만 과거의 영광이 머릿속에 남아 눈높이를 낮추기는 어려웠다. 결국 입시에 실패했고 재수를 해야 했다. 그래도 다행히 재수 끝에 나름 만족할 만한 대학에 합격을 하긴 했다. 최선의 결과는 아니었지만.

이 학생에게 도대체 무슨 일이 일어났던 것일까? 내가 생각하는 원인은 크게 세 가지이다. 첫 번째, 원리와 개념 이해 위주의 공부가 아닌 암기 위주의 공부에 의존했던 것. 두 번째, 페이스 조절을 하지 않고 에너지를 과하게 쏟은 탓에 너무 일찍 번아웃burnout이 찾아왔던 것. 그리고 세 번째, 문제가 발생했을 때 적절히 대처하지 못하고 그저 양으로 쳐내는 이른바 '양치기'를 했던 데에 한계가 왔던 것이다. 그런데 사실 이 세 가지는 세트 구성이라 할 만큼 서로 관계가 있는 것이어서 결국은 한 가지 이유라 봐도 무방할 듯하다. 애초에 잘못된 방법으로 공부를 많이 하기만 해서는 지치기만 할 뿐, 한계가 뚜렷하다는 것이다.

오해가 없길 바란다. 학습량은 당연히 중요하다. 열심히 하는 학생 절대 말리지 않는다. 공부를 많이 하는 것이 왜 나쁘겠는가. 내가 가르치는 수학 과목만 보더라도 스스로 충분한 시간을 들여 연습하지 않고서는 잘하는 것이 불가능하다. 그러나 공부는 무턱대고 많이 한다고 잘할 수 있는 것이 아니다. 유의할 점은 학습 시간이 길다고 해서 꼭 학습량이 많다는 뜻은 아니고, 또 학습량이 많다고 해서 꼭 성적이 좋아지는 것도 아니라는 얘기다. 이것이 이 책의 가장 중요한 주제의식이다. 앞서 말한 학생과 달리 나는 초등학생 때부터 고등학교를 졸업할 때까지 꾸준히 성적이 상승했다. 다른 학생들이 잘못된 공부 방법으로 인해 학년이 올라갈수록 힘들어하고 스스로 고꾸라질 때 나는 묵묵히 내 갈 길을 갔고 결국은 내가 그들을 앞질렀다. 양치기만 해서는 절대 이룰 수 없는 성과였음에 틀림없다.

소위 학습 전문가라고 하는 사람들이 TV에 나와 하는 얘기를 들어보면 대부분의 경우 학습량, 노력, 의지 등을 강조한다. 그러고는 자기 자신을 셀프컨트롤self-control 하는 방법들을 늘어놓는다. 노력으로도 모자라 "노오력을 해야지, 노오력을!" 하고 외친다. 공감할 수 없다. 틀린 말은 아닐지 모르겠지만 적어도 그것이 가장 중요한 포인트라고는 생각하지 않는다. TV 광고에서 어느 명문대 졸업생이 후배들을 둘러앉혀놓고 남들보다 하루 한 시간씩만 더 공부한다고 할 때 그 시간이 3년 쌓이면 얼마나 크겠느냐고 말하는 장면을 본 기억이 있다. 그건 유난히 집중력이 좋고 인내심이 있었던 본인에게나 해당되는 말이다. 공부를 한두 시간 더 한다고 치자. 대다수의 학생들에게 이는 책상 앞에 앉아 멍때리는 시간만 한두 시간 더 늘어나는 셈일 뿐이다.

그리고 어차피 고3이 되면 남들보다 하루 한두 시간 더 공부한다는 것 자체가 불가능하다. 친구들이 하루 네 시간만 자고 공부한다면 본인은 하루 두세 시간만 자겠다는 말인가? 그렇게 하면 효과가 있고 공부가 더 잘 되고 남들보다 더 앞서갈 수 있으리라 생각하는가? 고3 때는 누구나 최대한의 공부를 한다. 모두가 2080 법칙 그래프의 가장 끝부분까지 기꺼이 가려고 한다. 다 같이 적게 공부할 때는 조금의 차이가 크지만 다 같이 최대한의 공부를 할 때는 그 차이가 없어진다. 그런데 만일 내가 남들보다 단 10% 더 효율적인 공부를 한다면? 절대적인 학습의 양이 늘어날 때 그 차이는 더욱 커질 수밖에 없다.

그래서 공부를 더욱 효율적으로 하자는 것이다. 학습 전문가들이 노력을 강조하는 것 외에 또 한 가지 애를 쓰는 부분이 있다면 바로 동기부여를 하는 것이다. 공부를 열심히 하면 이렇게 살 수 있다, 뭐 대충 이런 얘기인데 그런 식으로 학생들의 마음을 움직이려고 하기보다 그냥 쉽게 공부할 수 있는 방법을 알려주면 그게 더 효과적이지 않을까? "아, 나도 충분히 할 수 있겠구나!" 하고 없던 의지가 샘솟지 않을까?

남들보다 적은 시간을 투자하고 같은 효과, 또는 그 이상의 효과, 최소한 비슷한 수준의 효과를 얻을 수 있는 방법이 있다면 마다할 이유가 없다. 무조건 남들보다 더 잘하게 되지는 못하더라도, 적어도 시간과 체력의 불필요한 소모를 줄이고 스트레스를 덜 받는 것만으로도 충분히 의미가 있으리라 본다. 공부를 쉽게 하자. 알고 보면 생각보다 더 우수한 우리의 '뇌'를 더 효율적으로 잘 활용하자. 이제부터 그 원리와 방법에 대해 이야기해보려고 한다.

시간은 적게 투자하고 효과는 높게, 효율적으로 공부하자!

공부는 무턱대고 많이 한다고 잘할 수 있는 것이 아니다. 유의할 점은 학습 시간이 길다고 해서 꼭 학습량이 많다는 뜻은 아니고, 또 학습량이 많다고 해서 꼭 공부를 열심히 하는 것도 아니라는 얘기다.

2. 공부하는 방법을 모르는 학생들에게

공부하는 방법? 미안하지만 그건 쌤도 몰라. 알았다면 이 책 대신 그걸 책으로 썼을 거야. 어려운 수학 문제를 들고 와서 "이 문제는 어떻게 풀어요?"라고 묻는다면 쌤이 어떤 문제든 설명해줄 수 있지만, "공부는 어떻게 해야 돼요?"라고 막연하게 물어본다면 나도 그저 눈만 끔뻑끔뻑, 머리만 긁적긁적할 수밖에…… 내가 아니라 다른 선생님들도 마찬가지일 거야. 왜냐면 공부를 하는 방법에 정답 같은 건 없거든.

지금 네가 하고 있는 공부가 바로 그 방법이야. 너한테 익숙한, 너한테 최적화된 그 방법이 바로 정답이야. 물론 많이 엉성하겠지. 처음에는 말이야. 그런데 원래 무슨 일이든 방법을 배울 땐 깨지면서 배우는 게 최고거든. 일단 해봐. 중요한 건 방법보다 실천이야. 이렇게도 해보고 저렇게도 해보고 결과가 안 좋으면 방법을 바꿔보기도 하고. 스스로 피드백을 통해서 수정을 해도 좋고 다른 사람의 조언을 참고해도 좋아. 그러다 보면 공부하는 방법이 점점 자리를 잡아갈 거야. 최선의 방법이라기보다는 너한테 제일 편한 방법으로 수렴하게 될 거야. 그런데 너한테 제일 편하고 자연스러운 방법이 결국 너한테 제일 좋은 방법인 거거든.

　전문가의 비법이든 선배들의 합격 수기든 필요한 부분만 참고하면 되지 내키지 않는 말을 억지로 따를 필요는 없어. 쌤이 이 책을 통해 주려는 팁들도 지극히 개인적이고 지엽적인 것들이기 때문에 그냥 막연히 받아들이기보다는 네 것으로 만드는 과정이 꼭 필요해. 사람이 다 다른데 누구에게나 꼭 맞는 옷이라는 게 어디 있겠어. 방법은 네 안에서 찾으면 돼. 명심해. 지금 네가 틀린 게 아니라는 걸.

3

내 머릿속의 컴퓨터

한계는 없다, Limitless

드라마를 보다 보면 가끔 이런 경우가 있다. 억척스럽게 살아온 주인공을 사랑과 정성으로 키워준 부모님이 사실은 양부모였고 알고 보면 친아버지가 엄청난 재벌가의 회장님이라는 말도 안 되는 설정! 그런데 알고 보면 부모가 재벌이라는 것만큼이나 놀라운 사실이 하나 있다. 알고 보면 우리 모두가 엄청나게 우수한 두뇌를 갖고 태어났다는 것이다.

인간의 두뇌는 우리가 상상하는 것 이상으로 우수하다. 누구에게나 공부를 잘할 수 있는 능력이 이미 내재되어 있다는 뜻이다. 안타까운 사실은 설명서까지 주어지지는 않았다는 것이다. (가끔 이 설명서까지 갖고 태어난 사람이 초

능력자가 된다고 주장하는 사람들도 있다.) 알려진 바 인간은 죽을 때까지 자기 두뇌의 능력을 20%도 채 활용하지 못한다고 한다. 기껏 고사양의 CPU를 탑재해놓고서 최신 운영체제는 깔아주지 않다니 통탄할 일이다. 만일 우리가 이 우수한 뇌의 기능을 조금만 더 활용할 수 있다면 어떤 일이 일어날까? 영화 〈리미트리스Limitless〉(2011)는 이에 대한 흥미로운 상상을 제시한다.

영화 속 주인공 에디는 몇 달째 글을 단 한 줄도 쓰지 못하는 무능한 작가였다. 방세도 내지 못하고 연인에게도 버림받았으며 바닥의 삶을 살던 그는 우연한 기회에 먹게 된 한 알의 알약으로 인해 완전히 다른 삶을 살게 된다. NZT48이라는 코드명의 이 알약은 뇌신경 회로를 활성화해서 뇌기능을 거의 100% 활용할 수 있게 해주는데 이 약을 복용하면 IQ가 네 자릿수에 달하게 될 뿐 아니라 거의 모든 분야에 엄청난 능력을 발휘하게 되고 성격까지 바뀌어서 말과 행동에 자신감이 넘치게 된다. 3일 만에 피아노를 마스터하고 4일 만에 한 권 뚝딱 써낸 책은 베스트셀러가 된다. 스치듯 주워들은 것만으로 단기간에 몇 개 외국어를 습득하고 주식투자로는 하루에 몇 배씩 수익을 얻는다. 정말 제목처럼 인간의 잠재능력에는 한계가 없다.

내가 주목한 장면은 에디가 처음으로 알약을 먹은 직후에 일어난 일들이다. 집주인의 아내와 대화 중이던 에디는 그녀의 가방에서 슬쩍 삐져나온 어떤 책의 표지를 보고 12년 전 자신이 그 책을 잠깐 훑어본 적이 있었음을 떠올린다. 거기에서 그치지 않고 그 책의 내용과 거기에 얽힌 잡다한 것들, 어디선가 읽고 듣고 봤던 것들이 마구 조합되고 재창조되어 아주 쓸 만한 정보의 형태로 그의 입을 통해 마구 쏟아져 나온다. 그런데 머리가 너무 좋아서 정보들이 조합되든 재창조가 되든 그 모두가 아무것도 없는 무無의 상태에서 그렇게 될 수는 없는 법이다. 12년 전 잠깐 훑어본 책이든 어디선가 읽고 듣고 봤던 내용이든 그런 것들이 자기 자신도 모르는 사이 그의 기억 속에 이미 들어 있었다는 사실, 그것이 내가 말하고 싶은 포인트다.

기억이라는 것이 그렇다. 당장 어제 점심에 내가 뭘 먹었는지도 가물가물하지만 초등학교 시절 처음으로 짝사랑했던 여자애의 이름과 얼굴은 지금도 또렷이 기억이 난다. 시간이 오래 지난 일이라고 해도 강렬한 기억이나 반복된 기억은 지워지지 않고 남아 있다. 설사 잊어버린다고 해도 그 기억은 끄집어내기가 어려워진 것이지 뇌에서 없어진 것은 아니다. 초등학교 이전의 기억이 거의 없는 사람이라 해도 최면상태에서는 다섯 살 때 있었던 사건을 바로 어제 일처럼 술술 떠올리지 않던가. 최면의 원리까지는 내가 설명할 수 없지만 어쨌든 잊은 줄 알았던 기억도 알고 보면 뇌 속에 남아 있다는 얘기다.

이 책을 통해 설명할 학습법의 원리 중 가장 큰 부분이 바로 이 '기억'에 관한 것이다. 수학 선생인 나는 간혹 수학도 암기과목이라고 말하는 사람을 볼 때가 있다. 공식을 외우고 문제 유형을 외워야 하기 때문에 암기과목이라고 말하는 거라면 동의하기 어렵다.

내가 생각하는 수학은 철저한 원리 위주의 과목이어야 한다. 하지만 큰 틀에서 모든 학습의 바탕이 '기억'인 것은 맞는다. '학습'은 '배우고 익힘'을 뜻하는데, '익힌다'는 말이 곧 반복을 통해 기억하는 과정을 뜻하기 때문에 그와 같은 정의가 내려진 것이라면 모든 과목은 암기과목이 맞는다. 머리가 아니라 몸으로 익힌다고 흔히 생각하는 음악, 미술, 체육까지도 말이다.

그러니 결국 우리는 공부를 잘하기 위해서 기억을 잘해야 한다. 그런데 우리의 뇌는 생각보다 훨씬 기능이 뛰어나니 이를 잘 이용할 수만 있다면 기억이라는 것이, 그리고 학습이라는 것이 그리 어려운 일만은 아닐 수 있다. 필요한 기억을 제때 잘 끄집어내기 위해서는 집어넣을 때 잘 집어넣어야 한다. 그러기 위해서 우리는 약간의 장치를 마련할 필요가 있다. 이 과정만 잘된다면 시험기간에 공부한 것을 시험을 치는 순간 떠올리기 위해 NZT48까지는 필요하지 않을 것이다.

영화가 늘 그렇듯 에디는 곧 위기에 처하게 된다. 약의 부작용이 나타나기 시작하고 서로 약을 차지하려는 사람들에게 쫓겨서 목숨까지 위태로워진다. 천재의 삶은 순탄치만은 않은 법이다. 그래서 에디는 어떻게 됐을까? 꽤 볼만한 영화이니 결말은 각자 직접 확인하시길 추천한다.

공부를 잘하기 위해선 '기억'을 잘해야 한다!

우리의 뇌는 생각보다 훨씬 기능이 뛰어나니 이를 잘 이용할 수만 있다면 기억이라는 것이, 그리고 학습이라는 것이 그리 어려운 일만은 아닐 수 있다. 필요한 기억을 제때 잘 끄집어내기 위해서는 집어넣을 때 잘 집어넣어야 한다.

내 머릿속의 컴퓨터

20대 초반 어느 양로원에서 2년 정도 일을 한 적이 있다. 구청 복지과 소속의 공익근무요원으로 복지시설에 파견돼서 복무를 했다. 할머니들만 생활하시던 곳이었는데 그중에는 치매를 앓고 계신 어르신도 여럿 계셨다. 조금 정신이 없으시긴 해도 푸근하고 좋은 분들이 많아서 할머니들과 매일매일 대화도 많이 나눴는데 그 가운데 치매 증상이 가장 심각한 할머니와의 대화는 주로 이런 식이었다.

"총각, 밥은 묵었나?"
"네 할머니, 밥 먹었죠."
"그래, 장개는 갔고?"

"아뇨, 아직 안 갔어요."

"왜 안즉 안 갔노?"

"아유, 아직 장가갈 나이 안 됐습니다."

"그래, 밥은 묵었나?"

"네 밥 먹었어요, 할머니."

"장개는 갔고?"

"……. 네, 장가갔습니다."

그런데 이 할머니께서 본인 시집살이 힘들게 했던 이야기라든가 이런 옛날 일을 떠올리실 때는 정신이 그렇게 또 렷할 수가 없었다. 어느 날은 밭을 매는데 옆집에 누구 어마이가 자꾸 되도 않는 일로 시시콜콜 시비를 걸어오더란 다. 또 어느 집에 누구 어마이는 꿔간 돈을 자꾸 안 갚는다고도 하셨다. 바로 엊그제 일처럼 말씀하시는데 알고 보니 최소 50년은 지난 이야기였다.

인간의 기억은 정보의 종류나 뇌에 저장되는 위치, 방식 등에 따라 여러 가지 부류로 나뉜다. 대표적인 것이 단기기억과 장기기억이다. 단기기억이 휘발성 메모리인 램

RAM이라면 장기기억은 하드디스크에 가깝다. 단기기억은 장기기억으로 전환되지 않으면 금세 사라지고 마는 하늘하늘하고 위태로운 기억이다. 새로운 정보가 들어오면 쉽게 쓸려 나가버린다. 단기기억이 일단 한번 장기기억으로 전환되고 나면 이 정보는 특별한 일이 없는 한 거의 영구적으로 뇌의 피질에 남게 된다. 단기기억이 장기기억으로 전환되는 과정을 하늘하늘하던 기억이 단단하게 굳는다고 하여 기억의 '고화작용consolidation'이라고 한다.

이 고화작용이 잘 되지 않으면 새로운 정보를 기억하는 일에 문제가 생긴다. 흔히 우리가 알고 있는 '기억상실증'은 기억상실 증후군 중에서도 새로운 정보를 저장하지 못하는 단기 기억상실증을 의미하는 경우가 많다. 영화 〈메멘토〉(2000)나 〈첫 키스만 50번째〉(2004)를 본 사람이라면 이해가 더 쉬울 것 같다. 이 두 영화의 주인공들은 모두 사고의 충격으로 인해 일정 시간이 지나면 새로운 기억들이 리셋되어버리는 증상을 겪게 된다. 그 시간 간격이 한 사람은 10분 남짓, 또 한 사람은 하루 정도로 휘발성 메모리의 용량이 다를 뿐 새로운 정보가 저장되지 않고 손실된다는 점은 같다. 〈내 머리 속의 지우개〉(2004)나 〈살인자의 기억법〉(2016)에서와 같이 알츠하이머까지 진행됐다면 더 말할 필요도 없다. 양로원의 할머니처럼 말이다.

외상이나 질환의 영역까지 가지 않더라도 정상적인 사람 역시 일상에서 이런 경험을 충분히 할 수 있다. 술을 많이 마셔서 필름이 끊기는 현상이 대표적이다. 필름이 끊긴다는 것은 술에 취해 있는 동안의 기억만 저장이 되지 않는 것이지 멀쩡할 때의 기억까지 손상되는 것은 아니다. 전날 밤 일이 도무지 기억나지 않아 내가 술에 취해 무슨 실수라도 저지르지 않았을까 걱정되곤 하지만, 이성을 잃는 것은 기억을 잃는 것과는 별개여서 실수는커녕 남들 눈엔 멀쩡해 보이는 상태였는데 당시 상황이 기억나지 않을 뿐인 경우도 많다. 물론 알코올성 기억상실이 계속해서 반복되는 경우에는 단기기억뿐 아니라 장기기억을 비롯한 기억 전반에 심각한 문제를 일으킬 수도 있다고 하니 과음은 금물이다.

어쨌거나 결론은 새로운 정보를 저장하는 일, 손실되기 전 단기기억에 담긴 정보를 장기기억으로 안전하게 옮기는 일, 즉 고화작용을 얼마나 잘 시키는지 혹은 그렇지 못한지가 기억의 메커니즘에서 중추적인 역할을 한다는 것이다. 컴퓨터로 작업을 하다가 저장을 하지 않은 상태로 컴퓨터를 종료하거나 다운이 된 경험이 있을 것이다. 그 순간 얼마나 절망적인 기분이 드는지는 굳이 말하지 않아도 모두가 알고 있다. 우리 머릿속의 컴퓨터에도 중요한 자료가 있을 땐 수시로 Ctrl+S를 눌러줄 필요가 있다. 그래야 램에 있던 정보가 휘발되지 않고 하드디스크에 남는다. 우리 머릿속에는 지우개만 있는 것이 아니라 저장 능력이 좋은 컴퓨터도 있다.

머릿속의 컴퓨터에도 수시로 Ctrl+S를 눌러주자!

단기기억은 장기기억으로 전환되지 않으면 금세 사라지고 마는 하늘하늘하고 위태로운 기억이다. 새로운 정보가 들어오면 쉽게 쓸려 나가버린다. 단기기억이 일단 한번 장기기억으로 전환되고 나면 이 정보는 특별한 일이 없는 한 거의 영구적으로 뇌의 피질에 남게 된다.

서랍정리를 잘한다는 것

대학생 때는 늘 바빴다. 할 일도 많은데 그 와중에 약속도 많았다. 그러다 가끔 중요한 일 여러 가지가 동시에 겹치면 그 스트레스가 엄청나서 아무것도 하기 싫은 무기력한 상태가 되곤 했다. 그때 한 교수님께서 이런 상황에 대처할 수 있는 아주 심플한 방법 한 가지를 알려주셨다. '분할 정복divide and conquer'이라는 방법인데 컴퓨터 알고리즘과 같은 공학 분야에서 쓰이는 문제해결 전략이자 정치, 경제, 사회 등 여러 분야에서 광범위하게 쓰이는 일종의 경영전략이다. 간단하게 말하자면 큰 바윗덩어리 같은 것을 잘게 쪼개서 각개격파를 하라는 얘기인데 그 교수님께서는 이런 식으로 말씀해주셨다.

아침에 눈을 떴을 때 그날 할 일이 너무 많다면 머리가 지끈거리며 자리에서 일어나기가 싫을 것이다. 그럴 때는 해야 할 일들을 하나하나 분류해보자. 가령 A, B, C, D, E 의 다섯 가지 일이 있다고 치자. 그다음 이런 과정을 거치는 것이다.

"A는 그렇게 중요한 일 아니니까 몰라, 그냥 과감히 버려. B는 당장 급한 건 아니니까 일단 미루자. C는 조금만 집중하면 생각보다 빨리 끝낼 수 있겠는데? 이것부터 해치워버리면 되겠다. D는 시간도 많이 걸리겠고 좀 힘들 것 같은데…… 그러면 일단 C 다음에 E부터 하고 D는 마지막에 해야지."

해야 할 전체 일의 양은 크게 변하지 않았지만 이렇게 생각을 정리하는 자체만으로도 큰 바윗덩어리 같았던 부담감이 쪼개지면서 훨씬 가벼워지는 것을 느낄 수 있다. 당장은 눈앞의 C만 처리하면 된다고 생각하면 행동력도 상승한다. 정확히 어떤 일들을 해야 하고 그 일들이 각각 어떤 속성을 지니고 있는지, 한 번에 바윗덩어리 전체를 고민할 때는 그

실체조차 뚜렷하지 않던 것이 쪼개고 분류하니 각각의 일들이 구체화되고 명쾌해진다. 분류와 정리만으로도 더욱 객관적인 시각을 가질 수 있게 되는 것이다.

그런데 이와 같은 분류는 앞선 예처럼 병렬적으로만 하기보다 상하위 관계까지 적용했을 때 더욱 효과적이다. 예를 들어 백과사전에서 '사자'를 찾으려고 할 때 사자가 나올 때까지 하염없이 책장을 넘기는 사람은 없다. 누구라도 자연→동물→포유류→사자, 이런 식으로 상위개념에서부터 차츰차츰 하위개념으로 내려가며 찾는 범위를 좁혀갈 것이다. 백과사전에 이런 분류 없이 정보가 랜덤으로 나열되어 있다면 필요한 정보를 찾기가 매번 고통스러운 일이 될 터이고, 백과사전에 아무리 많은 정보가 담겨 있다고 한들 쓸모가 많지 않으리라.

우리 머릿속에도 정보를 저장할 때 이런 분류가 필요하다. 큰 카테고리부터 점점 세세한 카테고리까지 체계적으로 정보가 분류되어 저장되어야만 필요한 정보가 있을 때 목차를 따라 열람이 가능하다. 이런 과정을 '범주화 categorization'라고 한다. 공부를 할 때에도 범주화는 필수다. 노트 정리를 할 때 1. 2. 3. 밑에 (1), (2), (3)이 있고 더 밑에 ①, ②, ③이 있다면 그것이 범주화다. 마인드맵이나 수형도 그리기를 해본 일이 있다면 그것이 바로 범주화다. 여기서 수형도樹型圖라는 것은 나뭇가지 모양의 그림을 의미하는데 아래 그림을 참고하면 되겠다.

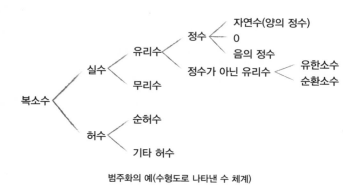

범주화의 예(수형도로 나타낸 수 체계)

그런데 위에서 백과사전 열람을 예로 든 것부터가 어쩌면 내가 아재여서인지도 모르겠다. 요즘 학생들에게 백과사전이란, 인터넷 검색창에 '사자'를 치면 그냥 나오는 것이니까. 인터넷의 발달은 하이퍼링크의 시대를 열었다. 하이퍼링크란 정보가 유기적으로 연결된 것이 아니라 중간

과정을 생략하고 개연성이 없는 방식으로 정보의 전환이 이루어지는 것을 의미한다. 인터넷으로 뉴스를 보다가도 밑줄 친 파란 글씨를 누르면 전혀 주제가 연결되지 않는 다른 페이지로 넘어간다. 배너를 누르면 뜬금없이 쇼핑을 할 수도 있다. 예전엔 하다못해 사전에서 단어 하나를 찾더라도 가나다 순서가 필요했지만 지금은 그런 과정 없이 원하는 정보를 순간 이동하듯 펼쳐볼 수 있다. 그리고 이런 식의 정보 전환은 필연적으로 연역적 사고력의 약화를 가져올 수 있다.

학원에 신입생이 들어오면 이전 학원에서 어디까지 배웠는지를 물어본다. 그런데 의외로 그 대답을 잘 못 하는 학생들이 많다.

"저번 학원에서 진도 어디까지 나갔어?"

"어…… 수학(상)을 하다가 그만뒀는데 정확히 어디까지 했는지는 잘 모르겠어요."

"그래? 그럼 방정식은 배웠니?"

"방정식…… 근데 방정식이 뭐 나오는 거였죠?"

이런 학생에게 차라리 방정식 문제를 풀어보라고 하면

그건 또 풀어내는 경우가 많다. 내가 배운 것이 방정식인지, 방정식이 정확히 뭔지는 몰라도 문제는 어찌저찌 푼다. 뭘 배우긴 배웠는데 그래서 머릿속에 뭔가 들어 있긴 한데 범주화 과정 없이 그냥 병렬적으로 나열된 정보를 담아놓은 것뿐이라 정리가 되지 않는다. 배워놓고 뭘 배웠는지 모른다. 이런 식으로 공부하면 공부를 할수록 머릿속이 더 복잡해진다. 서랍마다 분류해서 정리해야 할 것을 두서없이 아무 서랍에나 이것저것 쑤셔 넣어놓았으니 나중에 필요한 것을 찾을 수나 있겠는가.

범주화는 연습이 필요하다. 일상에서 범주화의 필요성이 줄어든 시대가 되었기에 더욱 그렇다. 공부한 내용을 요약해서 정리할 때는 반드시 번호를 붙여가며 분류해야 한다. 상위개념과 하위개념의 구분이 눈에 잘 띄도록 해야 한다. 살은 나중에 붙이면 되고 일단은 정확한 용어를 사용해서 키워드 위주로 정리하는 게 중요하다. 어떤 전문가는 시험 전날 해야 할 일 중 하나로 교과서의 단원 목차를 쭉 훑어보라고 했다. 공부를 제대로 했다면 단원 목차를 훑어보는 것만으로도 각 단원에 어떤 내용이 있었는지, 앞뒤 단원이 어떤 식으로 연계가 되는지 그림이 그려진다는 얘기다. 이게 안 되면 공부 헛한 거다. 감히 말하건대 공부를 잘하는 학생과 그렇지 못한 학생의 가장 큰 차이는 바로 이 범주화의 능력에 있다.

 며칠간의 일정으로 해외여행을 가기로 마음먹었을 때, 나는 제일 먼저 서점에 가서 여행책부터 한 권 사고 본다. 요즘 카페니 블로그니 SNS니 정보가 넘쳐나는데 뭐 하러 굳이 책을 사느냐고 하는 사람도 있다. 하지만 나는 이 사람 저 사람 내키는 대로 써놓은 것들만 봐서는 큰 틀이 도무지 잡히지가 않는다. 책은 지역별로든 테마별로든 어떻게든 범주화에 해당하는 작업을 해놓았기 때문에 이해가 쉽고 각 정보가 자연스럽게 연결되면서 큰 그림이 그려진다. 부득이 책 대신 인터넷을 참고한다면 다양하게 긁어모은 정보들을 내 식대로 분류하고 정리하는 과정을 거친다. 한 사람이 정리해놓은 자료는 훨씬 체계적이다. 그 한 사람이 나 자신이라면 이해가 훨씬 잘 될 수밖에 없다. 일상에서부터 범주화를 연습하라. 습관이 들게 하라. 머릿속의 서랍을 잘 정리해놓으면 필요한 물건을 찾는 데 드는 시간과 노력이 몇십 분의 일로 줄어들 것이다.

공부를 잘하고 못하고의 가장 큰 차이는 '범주화의 능력'에 있다!

범주화는 연습이 필요하다. 공부한 내용을 요약해서 정리할 때는 반드시 번호를 붙여가며 분류해야 한다. 공부를 제대로 했다면 단원 목차를 훑어보는 것만으로도 각 단원에 어떤 내용이 있었는 지, 앞뒤 단원이 어떤 식으로 연계가 되는지 그림이 그려진다.

책갈피 이론이 곧 책갈피 이론

어느 날 라디오에서 예전에 즐겨 들었던 익숙한 노래가 흘러나온다. 전주만 듣고도 "아!" 하는 반응이 나도 모르게 튀어나온다. 그와 동시에 그 시절 내가 좋아했던 그녀가 떠오른다. '걔는 잘 살고 있으려나?' 어떤 장소가 떠오르고 음식이 떠오르고 읽었던 책이 떠오른다. 말로 설명하기 힘든 어떤 오묘한 느낌으로 한 시기가 통째 엮여 있음을 느낀다. 노래 한 곡이 기억의 문을 여는 열쇠가 된다.

기억은 단편적인 것이 아니라 서로서로 얽혀 있는 것이다. 한 기억은 다른 기억을 위한 열쇠가 되기도 한다. 반대로 많은 기억들은 이 열쇠 역할을 할 단서가 마땅히 없어서 끄집어내기가 힘들다. 책장에 수백 권의 책이 꽂혀 있는데 모든 책이 똑같이 생긴 표지에 제목이 적혀 있지 않다면 원하는 내용을 찾을 수가 없다. 기억도 마찬가지여서 필요할 때 잘 끄집어내야 할 중요한 기억에는 라벨을 붙이고 책갈피를 꽂고 포스트잇을 붙여놓는 작업이 필요하다. 이를 '책갈피 이론bookmark theory'이라 한다. 내가 지금 막 아무렇게나 만들어서 붙인 이름이니까 굳이 검색까지 해보실 필요는 없겠다. 서랍을 정리하는 것이 범주화라면 책갈피 이론은 어느 서랍에 뭐가 들어 있는지 이름표를 붙이는 것이다.

기억력을 겨루는 대회에 참가하는 기억력 고수들은 대체로 비슷한 기억법을 사용한다. 일명 '기억의 궁전'이라고도 알려진 '장소기억법'이 그것이다. 단어든 물건이든 사람이든 기억해야 할 것들이 있을 때 자신에게 익숙한 장소를 떠올린 다음 기억해야 할 대상을 곳곳의 장소에 배치한다. 예를 들어 장을 보러 가기 전에 사야 할 물건들을 기억해야 하는데, 기억을 밑받침해줄 장소로 우리 집의 거실을 떠올렸다고 해보자. 소파 위에는 대파가 올려져 있고, 테이블 위에는 달걀이 굴러다닌다. 화분에는 바나나가 걸려 있고 물 대신 우유를 주고 있다. 그리고 TV 화면 속에선 불판에 삼겹살이 지글거리고 있다. 이런 광경을 상상하고 머리에 주입한 다음 기억을 호출해야 할 때는 거실을 한 바퀴 쭉 둘러보기만 하면 된다. 언뜻 생각하기로 대파, 달걀, 바나나, 우유, 삼겹살만 기억하면 되는데 각각의 위치까지 함께 기억해야 하니 기억할 정보의 양이 배가 돼서 그만큼 더 기억하기 힘들 것 같지만 실제로 시도해보면 의외로 기억이 훨씬 쉽게 떠오르는 걸 느낄 수 있다.

포인트는 두 가지다. 첫 번째는 친숙하지 않은 것들을 친숙한 장소에 배치함으로써 기억의 책갈피를 꽂는다는 점이다. 정보들이 연계되어 서로서로 연상 작용을 일으키면 기억의 시너지 효과가 일어난다. 이 경우 책갈피가 원래부터 있었던 것이 아니라 내가 의도적으로 만들어준 것이라는 점이 중요하다. 이게 바로 책갈피 이론의 핵심이다.

또 한 가지 포인트는 도식화된 정보, 시각적으로 표현된 정보가 기억하기 더 쉽다는 것이다. 앞서 얘기한 2080 법칙을 말로만 설명하기보다 그래프 하나를 첨부했을 때 설명하기도 또 기억하기도 훨씬 쉬워진다. 수학 문제를 풀 때 수학을 잘하는 학생들은 누가 시키지 않아도 그래프를 많이 그리고 활용한다. 그런데 수학을 잘하지 못하는 학생들은 그래프가 꼭 필요한 문제가 아니면 도무지 그래프를 그리려고 하지 않는다. 물론 그래프를 그리는 것 자체가 어렵고 자신이 없어서 그럴 수도 있겠지만 그래프란 학생들을 고생시키려고 만들어낸 것이 아니라 말로 길게 설명할 내용을 함축적으로, 직관적으로, 그리고 시각적으로 보여주는 도구이기 때문에 활용하면 할수록 생각이 간결해지고 이해가 빠르고 쉬워진다. 그래프를 다루기가 어렵더라도 끊임없이 연습해서 반드시 극복해야 한다. 그렇지 않으면 수학을 잘하게 되는 길에서 점점 멀어지기만 할 뿐이다.

우리는 말과 글을 쓰는 인간인지라 기억을 할 때 텍스트 위주로 기억을 한다고 생각하기 쉽지만 실제로는 사진을 찍듯 이미지화해서 기억을 하는 것에 더욱 가깝다. 시중에 판매되는 영어단어 학습기 중에 이런 것이 있다. 화면에 영어단어가 나오면서 몇 초간 그 단어의 의미와 관계된 아주 심플한 그림이 함께 제시되는데, 이렇게 단어를 암기하면 그냥 단어와 그 뜻만 달달달 외울 때보다 몇 배나 더 효과적이라고 한다.

시험공부를 하면서 암기를 했는데 어떤 단어를 딱 듣는 순간, 그 단어가 나온 페이지에 어떤 표나 그림이 있었고 또 그 단어가 페이지의 상단에 있었는지 하단에 있었는지까지 떠오른 경험들이 있을 것이다. 그 페이지의 이미지를 그대로 기억한 것이다. 그렇기 때문에 노트 정리를 할 때도 이미지화가 잘 되게끔 간결하면서도 시각적인 리듬감이 있도록 하는 게 중요하다. 표나 그래프를 잘 활용하면 더욱 좋다. 물론 그 과정에서 범주화는 필수이다.

장소기억법을 예로 들어 설명했지만 사실 장소가 꼭 중요한 것은 아니다. 장소기억법 이외에도 스토리기억법이 있다. 말하자면 기억해야 할 사항들을 엮어서 하나의 스토리를 만드는 것인데 이때 스토리는 길 필요도 없고 대단한 문장을 이룰 필요도 딱히 없다. 간결하고 기괴하고 말이 안 될수록 오히려 뇌는 자극을 받고 기억이 더 잘 된다. 스토리를 이미지화할 수 있으면 더욱 좋다. 장소기억법이든 스토리기억법이든 결국은 다 같은 연상기억법이다. 의미가 없는 것이 의미 있는 것과 결합되면서 함께 의미 있는 것이 된다. 라벨을 잘 붙이고 책갈피를 잘 꽂아놓는 것이다. 이런 기억법들은 누구나 훈련을 통해 익힐 수 있다. 기억력 대회는 기억력 능력자들이 천부적으로 타고난 천재성을 겨루는 대회가 아니라 각자 기억법을 훈련하고 이 숙련된 정도를 겨루는 일종의 스포츠 대회에 가깝다고 할 수 있다.

이런저런 기억법에 대해 이야기했지만 사실 내가 이런 기억법을 훈련받은 적은 없다. 공부를 잘하기 위해서 꼭 이런 기억법들을 익혀야 한다는 얘기도 아니다. 중요한 건 원리다. 무슨무슨 기억법이 중요한 게 아니라 이런 방법들이 공통적으로 연상 작용을 바탕으로 한다는 것, 기억에 책갈피가 필요하고 없으면 만들어주면 된다는 것, 이 점들만 잘 이해하고 이를 조금만 활용할 수 있으면 그걸로 충분하다. 구체적인 실천 방법들은 이제부터 이야기를 시작할 것이다. 이미 '연상기억법'이라는 말이 있는데 나는 왜 굳이 '책갈피 이론'이라는 있지도 않은 이상한 말을 만들었을까? 그게 더 직관적이고 내가 하고 싶은 말을 더 잘 표현해주는 라벨이기 때문이다. 책갈피 이론이 곧 책갈피 이론인 셈이다.

기억에도 책갈피가 필요하다!

필요할 때 잘 끄집어내야 할 중요한 기억에는 라벨을 붙이고 책갈피를 꽂고 포스트잇을 붙여놓는 작업이 필요하다. 노트 정리를 할 때도 이미지화가 잘 되게끔 간결하면서도 시각적인 리듬감이 있도록 하는 게 중요하다. 표나 그래프를 잘 활용하면 더욱 좋다.

3. 자신의 능력을 믿지 않는 학생들에게

사람의 능력에는 한계가 없대. 그렇다고 해서 "너 자신을 믿어. 넌 뭐든지 할 수 있어!"라는 무책임한 말을 하고 싶지는 않아. 쌤은 달리기를 엄청 못하거든. 근데 쌤이 매일 밥 먹고 달리기만 한다고 해서 우사인 볼트처럼 빨리 달릴 수 있을까? 과학적인 방법으로 체계적인 훈련을 받는다면 달리기 실력이 훨씬 나아질 수는 있겠지만 그렇다고 내가 우사인 볼트가 될 수는 없는 거잖아?

그렇다면 내가 할 수 있는 선택은 두 가지야. 첫 번째, 현실적인 수준으로 목표를 정하는 것. 내일의 목표가 우사인 볼트가 되는 것이 아니라 오늘의 나를 이기는 정도라면 어떨까? 두 번째, 달리기가 아닌 내가 잘할 수 있는 그 무엇에 집중하는 것. 누구나 자기가 잘하는 게 있고 못하는 게 있으니까 말이야.

오셀로othello라는 게임을 아니? 머리를 조금 써야 하는 퍼즐 게임인데 쌤은 아무리 해도 이 게임을 잘 못하겠더라고. 그런데 공부를 엄청 못했던 쌤 친구 한 명은 처음 해보는 이 게임을 한두 번 해보더니 방법을 알았다면서 그때부터 게임을 다 이겨버리더란 말이지. 공부도 마찬가지야. 사람마다 잘하는 과목이 다르고 각자가 편한 방식의 논리와 사고가 있는 거니까 내가 자신 있는 방식으로 승부를 보면 되는 거야.

그런데 말이야. 능력의 한계를 논하기 전에 우리가 끝까지 가보기는 한 걸까? 어떤 능력은 한참을 갈고 닦아야만 발휘될 수도 있는 거잖아. 그리고 그 과정에서 자신도 몰랐던 숨은 능력을 발견할 수도 있고 말이야. 혹시 알아? 우사인 볼트처럼 되려고 매일 달렸더니 폐활량이 점점 좋아져서 어느 날 갑자기 수영을 엄청 잘하게 될지……

4

최소한의 부지런함

제한시간 24시간

대학교 1학년 때 가장 하기 힘들었던 과제는 매주 두 편씩 써내야 했던 실험 보고서였다. 물리, 화학 등에 관한 실험을 수행하고 데이터를 정리하고 분석해서 결과를 도출하고 실험의 의의와 개선점 등을 제시해야 하는데 매번 실험의 배경이론부터가 너무 심오했던 데다가 데이터의 분량도 방대했다. 데이터를 정리하고 계산해서 필요한 값들을 얻고 이를 표와 그래프로 만드는 작업이 보고서 작성의 절반이었다. 그 어렵고 하기 싫은 데이터 정리 작업을 나는 항상 실험을 한 그날 밤에 다 해놨었다.

친구들은 그런 나를 보고 성실하다고 했지만 나는 친구들을 이해하지 못했다. 보통 보고서 제출기한이 실험일로부터 일주일인데 친구들 대부분은 마감 전날 밤을 새워 보고서를 쓰곤 했다. 그런데 가뜩이나 어려운 그 실험 내용이 일주일이나 머릿속에서 버텨줄 리가 없었다. 어렵사리 이해해가며 진행했던 실험의 데이터들은 어느새 외계어로 변해 있었고 밤새 서로서로 데이터 정리 방법을 묻는 메신저 창이 뜨거웠다. 고군분투하는 친구에게 이제 와서 고생할 걸 미리 좀 해놓지 그랬냐고 하면 기한이 임박해야 초인적인 능력이 발휘된다고 했다. 그러나 실상은 그 친구가 밤을 새워야 했던 그 작업이 내가 할 때는 두어 시간이면 거뜬했다. 게다가 기억이 생생하게 살아 있을 때 데이터 정리를 하다 보면, 이 결과를 갖고 어떤 해석을 하고 어떻게 본문을 구성하면 좋을지 저절로 길이 보일 때도 많았다. 다른 과목들은 늘 B⁺ 인생이었던 내가 실험 과목만큼은 거의 매번 A⁺를 받을 수 있었던 이유다.

내가 지나치게 성실했던 걸까? 물론 나에게 내재된 일부 부지런함일 수 있다. 나는 할 일을 제때 해놓지 않으면 불안하고 계속 머릿속에서 그 일이 맴돌아 마음이 너무 불편한 사람이다. 기본적으로 강박이 꽤 있다. 그런데 어차피 해야 할 일을 훨씬 더 적은 노력으로, 짧고 쉽게, 효율적으로, 더 잘할 수 있는 방법이 뻔히 있는데도 마지막의 마지막까지 미루기만 하는 건 대체 무슨 똥배짱이란 말인가?

학원 수업을 할 때 내가 학생들에게 가장 많이 강조하는 사항은 뭐니 뭐니 해도 숙제다. 많은 학생들이 수업만 중요시하고 숙제는 부수적인 것으로 여긴다. 그러나 수업이란 학생들이 숙제든 뭐든 혼자서 공부하는 시간에 문제가 덜 생기도록 최소한의 지원을 해주는 것일 뿐 공부의 90%는 혼자서 책과 씨름하고 문제와 사투를 벌이는 그 시간에 이뤄진다고 확신한다. 앞서도 언급했지만 '학습學習'이란 한자로 '배우고 익힌다'는 뜻인데, 말하자면 이 익힌다는 것은 스스로 주도적으로 뇌를 굴림으로써 수업시간에 들은 내용을 범주화하여 정리하고 내 언어로 통번역해서 결국은 장기기억으로 전환시키는 과정이다. 그런데 단기기억을 장기기억으로 전환시키는 고화작용에는 제한시간이 존재한다.

독일의 심리학자 헤르만 에빙하우스(Hermann Ebbinghaus, 1850~1909)는 인간의 기억을 연구해서 '망각곡선forgetting curve'이라는 이론을 발표했다. 자세한 내용은 설명하기 힘들지만, 간단히 말하자면 어떤 정보를 기억한 다음 이 기억이 반복되지 않을 때 하루에서 이틀 정도 시간이 지나면 대부분의 기억이 사라진다는 것이다. 반면 3일 이상 반복된 기억은 시간이 지나도 거의 사라지지 않는다.

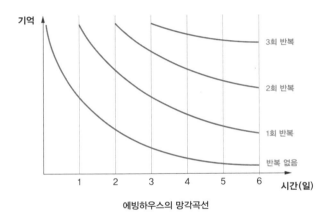

에빙하우스의 망각곡선

대부분의 학원 수업은 주 1~3회씩 진행을 한다. 주 2회 수업이라면 월목반, 화금반, 수토반, 주 3회 수업이라면 월수금반이나 화목토반으로 수업일을 구성하는 것이 일반적이다. 망각곡선대로라면 지난 수업의 기억을 거의 다 잊을 즈음에 다음 수업을 하는 셈이다. 스스로 반복해서 학습할 의지가 없는 학생들에게 그 기억을 유지시켜주는 최소한의 장치가 숙제다. (여기서는 문제를 푸는 형태의 숙제만을 의미하기로 한다.) 그런데 학생들은 주로 다음 수업 직전에야 숙제를 한다. 학생들이 해온 숙제를 확인하다 보면 내가 설명한 방법은 온데간데없고 책에 정리되어 있는, 추천하고 싶지 않은 방법대로 풀어온 경우가 많다. 다 까먹어서 그렇다. 이러니 내가 목 아프게 소리쳐가며 가르쳐본들 무엇하랴. 필기라도 잘 해놓든지. 단기기억은 3일을 버티지 못한다.

3일은 무슨, 숙제는 반드시 수업 후 24시간 이내 시작해야 한다. 그렇지 않으면 수업시간에 배운 내용이 적용이 안 된다. 중요한 부분이니 밑줄 긋고 별표를 열댓 개쯤 달아도 좋다. 배운 내용이 내 것이 되고 기억에 훨씬 잘 남게 된다는 사실은 둘째 치더라도 숙제를 하는 시간부터가 획기적으로 줄어들 것이다. 뒤늦게 발등에 불이 떨어지면 고도의 집중력이 발휘된다고 믿는 학생들이 많지만 사라진 기억을 메우기 위해 책을 뒤적거리느라 결국 더 많은 시간을 책상 앞에서 보내게 되리라. 시간이 임박해서 실제로 더 빠른 속도로 숙제를 해결했다고 하더라도 그건 숙제 검사를 통과하기 위해 그저 빠르게 책의 여백을 조금 줄여놨을 뿐이지 공부를 한 것은 아니다. 달리는 말 위에서 산세가 자세히 보일 리가 없다.

수업 당일 혹은 24시간 이내에 숙제를 완료할 수 있으면 가장 좋다. 그러나 숙제 양이 많거나 어려워서 시간이 부족하다면 그럴 때는 분할 정복이 답이다. 며칠간 쪼개서 하라는 것이다. 사실 선생님들은 보통 이번 수업과 다음 수업 사이에 숙제를 며칠간 나눠서 할 것을 고려해 숙제의 분량을 결정한다. 물론 실제로 그렇게 하는 학생이 별로 없다는 것은 딱히 모르는 일도 아니다.

그런데 이 분할 정복에도 주의할 점이 있다. 일단 시작은 무조건 24시간 이내에 하라. 그리고 총 3일간 숙제를 나눠서 한다고 가정하면 전체 분량을 순서대로 3분의 1씩 끊는 것은 별로 좋지 않다. 만약 유형별로 분류된 문제집을 푸는 경우라면 첫날에는 전체 범위의 유형별 대표문제 한 문제씩만 푸는 것이 좋다. 기억이 사라지기 전에 빠르게 전 범위를 한번 훑는 것이다. 그리고 하루씩 지나며 응용문제와 심화문제 등 각 유형의 나머지 문제들을 차례로 풀어나가면 자연스레 반복으로 인해 기억이 강화되는 효과를 얻는다. 숙제가 유형별로 분류된 경우가 아니라면 첫날에는 문제 번호 1번, 4번, 7번, 10번, ……, 다음 날은 2번, 5번, 8번, 11번, ……, 마지막 날은 3번, 6번, 9번, 12번, ……, 이런 식으로 세 문제마다 한 문제씩 푸는 것으로 순서를 정하는 방법도 좋다. 관건은 짧은 시간 내에 전체적으로 복습 및 정리를 한 다음 이를 반복하는 것이다.

이것이 공부를 효율적으로 하는 방법 제1번이다. 공부 잘하는 방법이 이렇게도 쉽다. 정말이지 숙제를 하는 시점과 방법에 관한 사항은 내가 늘 특별히 강조하는 부분인데도 좀처럼 내 말을 따라 습관을 바꾸는 학생은 보기가 드물다. 제발 힘들게 공부하지 말자.

쉽고 빠르면서도 훨씬 기억에 잘 남게 할 방법이 바로 눈앞에 있다. 속는 셈 치고 몇 번만 시도해봐라. 전 수업 직후에 푸나 다음 수업 직전에 푸나 문제의 양은 다르지 않다. 어차피 들여야 할 같은 양의 노력으로 효율은 배 이상이 될 것이다.

중학생 때 다녔던 헬스장에서 트레이너는 나한테 하루는 상체운동 위주로, 하루는 하체운동 위주로 번갈아가며 운동할 것을 주문했다. 근육이 운동 효과를 이틀간 기억하기 때문에 같은 부위를 매일 운동할 필요 없이 이틀 주기로 반복해주면 좋다고 했다. 살 빼려고 간 거라 러닝이나 하려고 했는데 덕분에 본의 아니게 웨이트 트레이닝만 실컷 했다. 근육이 이틀간 기억을 한다니 과학적인 근거가 얼마나 있는 말인지는 모르겠으나 어쨌든 운동 효과가 지속되는 것도 최대 이틀이랬다. 하물며 우리 뇌가 하는 '진짜' 기억은 더욱 그렇다. 제한시간 내에 공부한 것을 장기 기억으로 전환시키지 않으면 '펑!' 하고 한순간에 사라질지 모를 일이다. 이렇게 뚜렷한 제한시간이 있다고 하면 조금은 조바심이 들지 않는가? 똑딱똑딱, 남은 시간이 줄어들고 있다.

숙제는 반드시 수업 후 24시간 이내 하자!

공부의 90%는 혼자서 책과 씨름하고 문제와 사투를 벌이는 그 시간에 이뤄진다. 숙제는 반드시 수업 후 24시간 이내 시작해야 한다. 배운 내용이 내 것이 되고 기억에 훨씬 잘 남게 된다는 사실은 둘째 치더라도 숙제를 하는 시간부터가 획기적으로 줄어들 것이다.

문제는 아름답게 풀려야 한다

숙제를 끝낸 다음도 중요하다. 문제를 풀기만 했다고 끝이 아니다. 채점이 남았다. 그런데 이 채점이라는 것이 의외로 굉장히 중요하다. 정확히 말하면 틀린 문제를 고치는 과정이 중요하다는 얘기인데 채점이 그 관문이니 채점부터 잘해야 한다. 아는 문제를 풀어서 답을 맞히고 내가 알고 있음을 확인만 하는 것이 무슨 의미가 있겠는가. 틀린 문제를 다시 풀어서 맞힐 수 있게 되기까지의 과정이 결국 공부다. 내가 무엇을 모르고 어떤 부분에 약점이 있는지, 이 문제로부터 얻어내야 할 소득이 어떤 것인지를 명확하게 하고 넘어가자. 그러기 위해서 채점부터 똑바로 하자.

첫째, 채점은 반드시 스스로 하자. 숙제 채점을 학부모가 대신 해주거나 학원에서 선생님이 일괄적으로 하는 경우가 많이 있다. 가장 큰 이유는 학생을 못 믿어서이다. 자기 자신에게 유난히 관대한 기준을 적용하는 학생이 많고 가끔은 거짓으로 아무렇게나 채점을 하는 학생들이 있어서 그렇다. 그 정도가 심하지 않다면 명백한 잘못이 있기 전까지는 그냥 학생을 믿어주면 좋겠다. 괜히 믿지 못한다는 인상만 심어줘서는 득보다 실이 많을 수 있다. 학부모 입장에서는 "귀찮은 일은 내가 다 할 테니 넌 그냥 공부만 해." 내지는 "어디 얼마나 많이 틀렸나 한번 보자."라는 식으로 학생을 압박하는 수단이 되기도 한다.

그러나 채점을 통한 학습효과는 결코 누가 대신 얻어줄 수 있는 것이 아니다. 처음엔 어설프더라도 채점을 스스로 하다 보면 본인이 어떤 부분에 약점이 있고 어떤 실수를 반복해서 저지르는지 알게 된다. 충분히 고민했던 문제라면 틀렸더라도 틀렸다는 것을 아는 순간 바로 왜 틀렸는지 깨닫게 되는 경우도 많다. 채점을 하면서 맞았다고 해야 할지 틀렸다고 해야 할지 애매한 문제는 내 답이 왜 애매한지를 따지는 것만으로 다음에 더 명확한 답을 적기 위한 훈련이 된다. 비슷한 이유로 서술형 문제는 내 답이 어느 정도 맞는지 또 얼마나 틀리는지를 점검하는 것 자체가 좋은 공부다. 내 문제점을 가장 효율적으로 바로잡을 수 있는 이 귀한 찬스를 엄마한테 떠넘긴다고? 남는 것 하나 없이 그냥 공부하는 척만 하겠다는 얘기나 다름없다.

둘째, 채점은 문제를 푼 직후에 해야 한다. 한 문제 한 문제 내가 어떻게 풀었는지 기억이 살아 있는 시점에서 채점을 해야 한다. 그래야 내 풀이에 잘못된 부분만 콕 집어서 수정이 가능하다. 시간이 지난 후에 채점을 하면 틀린 문제를 볼 때 처음부터 다시 풀어야 한다. 어떻게 풀었는지 기억이 없으니 처음 풀 때 했던 실수가 뭔지도 알 수 없다. 바로바로 채점을 하면 불필요한 과정이 생략되고 시간이 단축된다. 틀린 이유가 단순 실수라면 채점하면서 바로 답을 고칠 수 있다. 숙제는 단순히 문제를 풀기만 하는 것이 아니다. 답을 매기고 틀린 부분을 고치는 것까지가 모두 숙제에 포함된다. 이 모든 과정을 앞서 말한 제한시간 내에 끝냈을 때 그 수고가 줄어들고 효율성이 향상된다.

마지막으로, 채점을 할 때 틀린 문제의 정답을 문제에 표시해서는 안 된다. 당연한 얘기다. 점수를 매기고 끝날 것이 아니라 틀린 문제는 다시 풀어야 하니 답을 표시해두는 건 어리석은 일이다. 간혹 습관적으로 답을 바로바로 옮겨 적는 학생들이 있는데 일부러라도 그러지 않도록 습관을 들이길 바란다. 틀린 문제는 노트에 다시 풀 거라서 상관없다고 생각할 수 있지만, 정답을 적거나 체크하는 행위를 통해 정답이 각인될 수 있다. 참고로 나는 숙제를 노트에 하는 데 대해 그다지 호의적이지 않다. 특히 오답노트를 만들어 관리하는 것은 개인적으로 최악의 공부방법이라 생각하는데 이 부분은 뒤에서 다시 언급하기로 하겠다.

채점과 함께 강조하고 싶은 점은 해설지를 활용하는 것이다. 해설지는 언제 보는가? 맞은 문제는 맞았으니 볼 필요가 없고 틀린 문제는 다시 풀어야 하니 안 본다. 수학 문제집 기준으로 보통 중등 교재는 전체의 약 3분의 1, 고등 교재는 거의 절반이 해설지다. 내가 낸 책값의 절반이 해설지 값인 셈인데 이토록 활용을 안 한다면 차라리 떡볶이나 사먹고 말지 책값이 너무 아깝게 느껴질 수밖에 없다.

일단 수학이라는 과목 하나에만 국한하여 이야기를 해보겠다. 나는 학생 때 누구보다 해설지를 열심히 팠다. 틀린 문제는 오기가 발동해서 답이 맞을 때까지 몇 번이고 다시 풀고 그때까지 해설지를 절대 보지 않았다. 오히려 맞은 문제들의 해설을 정독했다. 내가 푼 방법이 가장 좋은 방법이 맞는지를 확인한 것이다. 보통 학생들이 문제를 푸는 이유는 크게 두 가지이다. 하나는 숙제 검사를 받기 위해서, 또 하나는 시험공부를 위해서인데 어느 쪽이든 답이 맞으면 그걸로 그만이기 때문에 해설 따위에는 누구도 관심이 없다. 문제를 푸는 이유가 사고력을 향상시키기 위해서라거나 지적 호기심을 충족시키기 위해서라는 학생은 아직까지 본 적이 없다. 그런데 내가 풀어서 맞힌 문제의 풀이 방법이 그다지 좋은 방법이 아니라면? 더 좋은 방법이 있다면? 또는 우연히 답만 맞은 거라면? 더 좋은, 더 정확한 풀이 방법을 배울 기회를, 그 문제를 맞혔기 때문에 놓치게 되는 셈이다. 아이러니하지만 그래서 맞힌 문제일수록 해설을 더 잘 봐야 한다.

여기서 말하는 '좋은 방법'이란 크게 두 가지를 의미한다. 하나는 간결한 방법이다. 가장 쉽고 빠르게 풀 수 있는 방법. 고등학교 수학은 문제를 풀 수 있고 없고의 문제가 아니다. 최소의 루트로 간결하게 풀지 않으면 시간이 부족하다. 풀 줄 아는 문제라도 더 쉽고 빠르게 풀 수 있도록 풀이 과정을 최대한 간소화하는 과정을 반복해서 훈련해야 한다. 그런 과정이 데이터베이스화돼서 실전에 자연스럽게 적용될 수 있어야 한다.

또 하나는 문제의 의도에 맞는 방법이다. 답은 어찌해서 맞았지만 풀이가 매끄럽지 않은 경우가 있다. 이럴 때는 문제의 용어 몇 마디만 살짝 비틀어놓으면 문제를 못 풀게 될 수 있다. 문제의 의도에 정확히 부합하는 방법을 찾는 훈련이 되어야 이런 문제는 이런 방법으로, 저런 문제는 저런 방법으로 대처가 가능하다. 복잡한 응용문제를 풀기 위해서는 연역적 추론능력이 필요한데 이를 위해서는 끊임없는 질문이 필요하다. 이 문제는 뭘 물어보는 걸까? 요구하는 게 뭘까? 어느 단원의 무슨 개념을 이용하라는 걸까? 문제에 어떤 단서가 주어져 있지? 이 단서를 어떻게 이용하라는 걸까? 이런 질문들을 통해 내 방법이 문제의 의도에 맞는지, 주어진 단서를 잘 활용하고 있는지를 평가하라. 그리고 해설지와 비교하고 해설지에 있는 해설의 논리적 구조에 주목해보라. 해설지가 완벽하지 않다고 하더라도 배울 점이 꽤 있을 것이다.

답이 맞았다고 끝이 아니다. 문제는 아름답게 풀려야 한다. 간결하고 딱 들어맞게 풀려야 한다. 그래서 나는 이런 훈련을 위해 한 문제를 푸는 방법이 여러 가지가 보일 때는 각각의 방법으로 다 풀어봤다. 답이 같게 나오는지, 어느 방법이 좋은지, 각 방법의 장단점이 뭔지를 고민했다. 그리고 해설지와 비교해서 부족한 부분을 보완했다. 그러면 실전에서는 가장 간단한 루트의 방법이 저절로 떠올랐다. 이렇게 공부하면 한 과정에 책 한 권이면 충분했다. '양치기'가 필요 없었다. 가끔 해설지의 풀이보다 내 풀이가 더 간결하고 아름다울 때 맛보게 되는 짜릿함은 덤이었다.

틀린 문제를 고치는 과정이 중요하다, 채점은 스스로!

채점을 스스로 하다 보면 본인이 어떤 부분에 약점이 있고 어떤 실수를 반복해서 저지르는지 알게 된다. 충분히 고민했던 문제라면 틀렸더라도 틀렸다는 것을 아는 순간 바로 왜 틀렸는지 깨닫게 되는 경우도 많다.

학원보다 제발 학교 수업을

수업을 하다 보면 학생이 교재를 챙겨오지 않는 경우가
더러 있다. 왜 안 가져왔냐고 물으면 종종 이런 답이 돌아
온다. 학교에서 수업시간에 학원 숙제를 하다가 걸려 선생
님한테 책을 압수당했다고. 화가 나면서도 참 답답하고 안
타까운 상황이다. 내가 숙제의 중요성을 누누이 강조하긴
했다만 도대체 왜 학원 숙제를 군이 학교 수업시간에 하느
냐고. 부디 홈워크homework는 홈home에서 하길 바란다.

나는 학원 강사지만 학원 수업보다는 우선적으로 학교
수업에 충실하기를 늘 강조한다. 이유는 간단하다. 시험에
는 학교 선생님이 내는 문제가 나오기 때문이다. 사실 나
부터도 학교 수업에 대한 신뢰도가 그리 높다고 말하기는

어렵다. 수준이 천차만별인 학생들을 한데 모아놓고 하는 수업이니 효율적일 리가 없다. 하지만 지금 저 선생님이 하는 말 중에서 시험문제가 나온다고 생각하면 학교 수업에 집중하는 것보다 더 효율적인 공부가 또 없다.

고등학교 2학년 때 공업이라는 과목이 있었다. 공업 선생님은 아주 반듯한 분이셨다. 용모도 항상 단정하셨고 수업도 늘 군더더기가 없었다. 시험문제를 출제하실 때는 언제나 객관식 20문제, 주관식 5문제, 각 4점씩 총 25문제였고, 객관식 20문제는 정답이 1번인 것부터 5번인 것까지 각 4문제씩 딱 떨어졌다. 그걸 처음 깨달은 바로 다음 시험에서 다른 문제를 다 풀고 객관식 한 문제가 답이 애매한 상황이 생겼다. 고민 없이 나는 객관식 나머지 열아홉 문제의 정답 수를 셌고 쉽게 100점을 받을 수 있었다.

고3 때의 문학 선생님은 늘 지루한 수업을 하셨다. 피로에 찌든 학생들이 픽픽 쓰러져 잠들어도 그냥 재워주시는 분이었다. 어느 날은 지문에 나오는 어떤 단어의 맞춤법을 유난히 강조하셨다. 별것 아닌 단어 철자 하나를 왜 저렇게 강조하시지 싶었는데 아니나 다를까 다음 시험에 그 맞춤법을 묻는 문제가 주관식으로 출제됐다. 그날 엎드려 잤던 친구들은 대부분 그 문제를 어려워했지만 나를 포함해 그때 깨어 있었던 몇 안 되는 학생들은 모두 쉽게 한 문제를 건졌다.

조금 더 극단적인 사례도 있다. 고1 때 윤리 선생님은 20대 후반의 젊은 선생님이었는데 시험문제를 특정 문제집 한 권에서 토시 하나 바꾸지 않고 그대로 다 베껴서 내셨다. 나는 첫 시험 때 그 사실을 알게 됐고 다음 시험은 아주 쉽게 100점을 받았다. 생각해보면 아주 심각한 문제가 될 수 있는 일이었는데 그 선생님은 얼마 지나지 않아 그 일과 관계없는 다른 이유로 학교를 그만두셔서 결과적으로 큰 문제가 생기진 않았다.

꼭 이런 단적인 예가 아니더라도 학교 수업을 열심히 듣거나 선생님을 잘 파악하여 시험에서 더 맞힌 문제가 고등학생 때만 해도 몇십 문제는 족히 된다. 꼭 선생님의 캐릭터를 정확히 파악해서가 아니더라도 막히는 문제가 있을 때 소위 '출제자의 의도'를 생각해보는 것은 아주 훌륭한 시도다. 저 선생님이 이 문제를 왜 냈을까? 저 선생님이 이걸 어떻게 설명했더라? 저 선생님이 유난히 이런 걸 강조했었는데. 저 선생님이라면 분명히 문제에 함정이 있을 거야. 저 선생님이라면 이걸 이렇게까지 꼬아서 물어볼 리가 없어. 이런 생각들이 문제의 방향성을 더 뚜렷하게 해주고 정답의 폭을 좁혀주는 역할을 한다.

조금 다른 얘기지만 출제자의 의도를 잘 이해하기 위한 가장 좋은 방법 중 하나는 출제자의 입장이 되어보는 것이다. 핵심 문제를 직접 출제해보는 방법도 좋고 수업을 하는 시뮬레이션을 해봐도 좋다. 강남의 유명한 어느 학원은 학생들로 하여금 번갈아가며 앞에 나와서 칠판에 써가며 직접 강의를 하게 하는 방법으로 오랫동안 인기를 끌고 있다. 가르치는 입장과 배우는 입장은 판이하게 다르다. 내가 학생 때 그렇게 어려워했던 삼각함수를 강사가 되기 위한 공부를 할 때는 너무도 쉽게 이해했다고 하지 않았던가. 누군가를 가르치기 위해서는 나만 이해하면 그만이 아니라, 그보다 더 깊이 있는 이해가 필요한 것이다.

공부를 잘하는 학생들은 평소에도 친구들로부터 이런저런 공부에 관한 질문을 많이 받는다. 특히 시험기간에는 내 공부에 방해가 된다 싶을 정도로 자습 시간이나 쉬는 시간에 친구들이 문제집을 들고 많이들 찾아온다. 이를 귀찮아할 필요가 없다. 라이벌인 친구가 뭘 물어본다고 하더라도 굳이 경계할 필요가 없다. 친구의 질문에 함께 고민하고 성심성의껏 답을 해주다 보면 결국 물어본 친구보다 답을 해주고 있는 내 실력이 더 성장하는 것을 느낄 수 있다. 나는 늘 나한테 질문을 하는 친구들이 고마웠다. 딱 이런 심정이었다. 감사합니다, 고객님.

출제자의 의도가 꼭 전부는 아니다. 예전에 내가 가르쳤던 한 학생은 학원에서 테스트를 볼 때 나보고 꼭 자기 가까이 서 있어달라고 했다. 문제가 막힐 때 내 얼굴을 힐끔힐끔 보면 갑자기 막 방법이 떠오른다고 했다. 다른 학생들은 모두 웃었지만 나는 그 학생의 요구를 들어줬다. 그 학생한테는 내 얼굴이 내가 했던 강의의 책갈피 역할을 한 것이다. 문제가 막힐 때는 그 과목 선생님의 모습을 떠올려봐라. 강의하는 모습을 상상해봐라. 그 선생님이 이 부분을 어떻게 설명했더라? 뭘 강조했더라? 그 열쇠로 인해 기억의 문이 활짝 열릴지도 모를 일이다. 단, 진작 그 수업을 열심히 들었을 때에만 말이다.

문제집을 들고 찾아오는 친구들을 귀찮아할 필요가 없다!

공부를 잘하는 학생들은 평소에도 친구들로부터 이런저런 공부에 관한 질문을 많이 받는다. 친구의 질문에 함께 고민하고 성심성의껏 답을 해주다 보면 결국 물어본 친구보다 답을 해주고 있는 내 실력이 더 성장하는 것을 느낄 수 있다.

내신대비 기간, 2주면 충분해

보통 학생들은 내신대비 기간으로 3주에서 4주 정도 기간을 잡는다. 학원도 비슷하다. 대략 4주 전부터 시험 대비를 시작한다. 한 달이라고 치면 1년 동안 시험기간만 넉달이다. 방학 빼고 한 학기가 넉 달 반 정도니까 학기의 절반 가까이가 시험기간인 셈이다. 그런데 시험기간이 찾아오면 조금은 특수한 상태가 되지 않는가? 마치 무슨 라마단 기간처럼 금욕과 절제의 마음가짐 같은 것이 생기지 않느냐는 말이다. 어차피 공부를 안 할 거면서도 TV만 잠깐봐도 괜히 죄책감이 들고, 책상 앞에 앉았다가 괜히 책상정리가 하고 싶어지기도 하는…… 나는 도저히 학기의 절반씩이나 그런 상태로 보낼 수는 없었다.

나에게 내신대비 기간은 정확히 2주였다. 초등학생 때는 시험공부를 해본 적이 없어서 모르겠고 중1부터 고3까지는 항상 내게 시험기간은 딱 2주였다. 대신 조건이 있었다. 수학만큼은 평소에 조금씩이라도 꾸준히 공부하면서 감각을 유지해야 한다는 것이다. 평소에는 거의 수학만 하는 대신 시험기간엔 수학 공부는 전혀 하지 않았다. 국어나 영어는 짧게만 봤다. 2주의 시험기간은 온전히 단타가 가능한 암기과목만을 위한 것이었다.

　그러니 내가 말하는 시험공부 방법이란 많은 분량의 암기를 효율적으로 하는 것이다. 사실 나는 암기를 잘하는 사람이 아니다. 공부 관련 다른 능력치들에 비해 상대적으로 그렇다는 말이다. 암기를 왕창 해야 하는 이놈의 시험기간이 너무나도 싫었다. 그래서 암기를 잘하기 위해 이렇게 저렇게 애를 쓰다 보니 어느새 나만의 시험공부법이란 것이 생겼다. 뭐 특별할 건 아니고. 포인트는 '요약정리'와 '반복'이다. 벌써부터 너무 시시한가? 참고로 여기서 말하는 시험공부법은 전반적으로 시험기간을 구성하는 방법에 관한 것이고 구체적인 암기의 테크닉에 관해서는 뒤에서 다시 다루기로 하겠다.

2주의 시험기간 중 첫 주는 거의 내용을 요약하는 데 썼다. 하루에 한 과목 정도를 정해서 교과서를 정독하고 문제집을 풀면서 시험범위 전체를 요약하는데 그 요약된 양이 한 과목당 연습장 한 페이지를 절대 넘으면 안 됐다. 시험범위가 백 페이지라도 요약본은 딱 한 페이지였다. 한 페이지를 넘어갈 거면 요약본으로서 의미가 없다. 그러기 위해서 물론 글씨도 좀 작게 쓰긴 했다. 중요한 건 '범주화'를 하는 것과 '키워드' 위주로 정리하는 것이다.

나는 게으르기 위해서 부지런하다
한마디로 "행복한 부등 안의 게으기"
(비법서 × → 공부를 쉽게 하는 법 효율성)

1. 공부의 어려움
① 작난 정
   음악, DDR × → 전교 1등
   의대 × → 공대 운용성
   교육수준 종요!
② 교육력
   개인의 이기심 but 사회적 문제
   경쟁의 사다리 무엇 때문을?
   서시 된가 보는 것과 같음
③ 2080 포인트
   천재형. 노력을 이식 요정성
   2080 법칙 (노트 his 피색트)
   20% 노력으로 80% 성과. 간설내
④ 사춘기
   "아, ×× 목라!"
   섭득 × → 문중 가다림
   잘 버티는 것도 전략
⑤ 동기
   자존심 상하는 경험 → 새로운 동기
   단기적 목표 재설정 → 꾸준히 동기 강화
   Love yourself 지신을 사랑해야 함

2. 효율적인 공부의 필요성
① 자기주도학습. 독학 ×
   수학 독학, 학습의 교육 ↓
   "그래의 나여럼 자옵의 내가 필요"
   천판가의 5불. 새로운 공부의 자기 것요
② 선행학습
   답 10% 제자 & 선행학습 로지
   → 학습뿐 저럼. 공부의 자료 많음
   선행학습 5불 되자만 꼭 필요하지는 않음
③ 흐름
   마75에 닿혀지 말고 이불해야 함
   엄격한 과도의 화신 × → 효육적 과 필요
   녹색 나다거롬 이야기
④ 하상향 vs 효율성
   압서 쉬운. 페이스 조절 × 영자기 → 실패
   학습의 중요 but 달이 하는 것 ≠ 맹신이 하는 것
   남들보다 1~2시간 더 / 10% 더!

3. 뇌과학적 원리
① 우수한 두뇌
   우리 두뇌의 20% 채 작동 못함
   강력한 기억 낱로의 기억은 남아있음
   식 집어넣고 잘 고려내기라 가치가 필요
② 단기기억과 장기기억
   단기기억 고착화불요 장기기억
     RAM   HDD
   고착작동이 기억의 중심!
③ 분류와 범주화?
   분할정복 (divide & conquer)
    : 나눠놓어니 검기쉬
   범주화 (categorization) : 서랍정리
④ 책갈피 이론☆
   서답에 이론을 붙이는 것
   장면기억(에피소드공부), 스토리기억법
      기억의 책갈피, 여상작용
      이미지화시 형현태로 저장
   연상개념 → 책갈피이론 (bookmark theory)
   책갈피 이론 = 곧 책갈피 이론

4. 구체적인 실천 방법 (1)
① 숙제
   망각곡선 (헤르만 에빙하우스)
   숙제 반드시 24시간 이내로 시작!
   학기 전체 복습 축 반복
② 채점 & 해설지
   채점이 공부의 반
   (△△로, 문제 좁자좁에. 정단 표시 ×)
   해설지가 문제점의 반. 맞힌 문제일수록
   문제는 어렵단게 꼭쿠어 봐야 한다!
      부자화 방법
      문제 외움에 없는 방법
③ 착고 수업
   숙제 (homework)는 흔 (home)에서
   선생님의 시범 & 축제자의 의도
   선생님의 모습이 수업시 착갈피
④ 내신대비기간 2주
   첫째주 : 모락정리 (범주화 & 카테드)
   둘째주 : 반복 (장면효과 가지고)
   자신만의 시험대비방법 필요!
⑤ 시험의 전략
   시험 포벳 분석 & 전략 수림
   목적에 따라서 다른 전략
   많은 연습. 실전에서의 과트백 필요

5. 구체적인 실천 방법 (2)
① 기억의 경로 최소화
   저장 경로 최소화 : 바로 자는 것. 스마트폰 ×
   인출경로 최소화 : 저정한 때마 버싼 환경에서 인출
       고요함. 이어폰 ×, 스마트폰 ×
       청대 ×, 소파 ×
② 기출 문제
   중요한 목차 ×, 축제성향×, 실전 감각 Q
③ 필기법. 3가지 오해
    ┌ 노트 에 → 책에
    │ 깔끔하게 → 폭 필요과 것만
    └ 모닝노트 → 효율 ×
④ 암기법
   책갈피 ┌지극적인 것 ex.사고려과학
       ├멜로디, 자동, 율동 ex.태정태세
       └적당한 이름 ex. 책갈피이론
   게으르기 위하여 부지런 → 개류지런
⑤ 국영수
   ┌수학 : 추상적 차음, 기초과목 복리☆
   │   계산단식 정기. 시지각단계 ×
   ├국어 : 독해력 필요, 곡 단위이어야
   └영어 : 독해 유도을 꾸준히
   "공부는 많이. 영하는 머리. 쉬우는 머리"
          + 꾸준히
⑥ 수험고 교육
   체력. 스트레스 관리 필수
   수험고 교육 적극 능율적으로 ex.강제외압
   거희의 부자친함 → 토기의 낮참 필요

결론
   원리 중요. 효율성 종요
   우리요산 요여 숙이고 곡 필요한 것에만 집중
   조근만 부지런하면 많이 게으를 수 있음!

한 페이지 요약본의 예

정리를 할 때는 단원의 분류와 개념의 상하 관계가 잘 드러나게 범주화하여 적는 것이 필수다. 구체적인 내용 하나하나를 암기하기 위해서는 먼저 큰 줄기를 이해하고 기억해야 한다. 내가 지금 외우고 있는 내용이 '독립운동의 방법'인지 '독립운동의 역사적 의의'인지를 알고 외워야 기억하기 쉽고 기억을 끄집어내기 쉽다는 얘기다. 뼈대를 먼저 세우고 살을 붙여야 한다.

그런데 이 살도 너무 많이 붙이면 안 된다. 한 페이지를 넘어가버린다. 구구절절 요약본에 다 써놓을 필요가 없다. 핵심 키워드만 적어도 충분하다. 그림이나 표, 그래프 등을 기억해야 한다면 요약본에는 교과서 어디에 그 대목이 나오는지 기록만 살짝 남겨놓고 필요할 때 그 부분만 교과서를 펴보면 된다. 키워드만 적고 그 키워드를 책갈피 삼아 관련된 내용을 기억하도록 하자.

과목별로 요약본을 다 만들었다면 둘째 주부터는 복습이다. 이때부터는 속도를 좀 내도 된다. 교과서보다는 요약본 위주로 보고 문제집은 틀린 문제만 다시 풀면 되니 하루에 최소 두세 과목은 볼 수 있다. 꼼꼼하게 정독을 할 필요도 없다. 빠르게 훑고 여러 번 반복하는 편이 훨씬 이득이다. 원래 공부라는 것이 세 시간씩 한 번 하기보다 한 시간씩 세 번 하는 쪽이 훨씬 더 효과가 크다. 에빙하우스의 망각곡선이 알려주는 것 중 하나이다.

요약본에 정리된 키워드들을 보면서 그에 따른 구체적인 내용들을 내가 제대로 이해 및 암기하고 있는지 하나하나 떠올려보자. 그리고 잘 떠오르지 않는 내용이 있으면 그 부분만 교과서를 펴서 다시 자세히 들여다보라. 이 작업을 몇 번 반복하면 키워드만 봐도 관련 내용들이 같이 술술 떠오르게 된다. 책갈피만 잘 꽂혀 있으면 되는 것이다.

이런 식으로 공부를 하면 둘째 주 한 주 동안 과목당 두세 번의 복습이 가능하다. 한 번 한 번 반복할 때마다 공부할 양이 줄어들고 시간은 빨라진다. 이렇게 2주가 지나서 시험이 코앞으로 다가오면 각 과목의 시험 전날 해당 과목을 총정리한다. 이때는 가급적 요약본만 볼 게 아니라 혹시 놓친 사항이 없는지 다시 교과서와 문제집을 전체적으로 훑어볼 수 있으면 좋다. 그리고 시험 당일 아침에는 다시 요약본만 손에 딱 들고 보는 것이다. 다른 친구들은 당일 아침에 두꺼운 교과서와 문제집을 펴놓고 마지막으로 어디를 들여다봐야 할지 막막하겠지만 나는 손에 든 요약본 하나만 보면 된다. 그때쯤은 한 과목당 1~2분 만에도 충분히 전체 내용을 한 번 훑을 수 있다.

그런데 사실 내가 한 방법을 그대로 따라하기란 쉽지도 않을 테고, 그 방법이 딱히 좋지만도 않을 것 같다. 평소 학생들에게 이런 방법을 절대로 강조하거나 추천하진 않는다. 2주라는 기간에 집착할 필요도 전혀 없다. 내가 말하는 공부법 중에서 이 내신대비 방법만큼은 지극히 내 개인의 특성이 많이 반영된 터라 무턱대고 따라하는 건 위험하다. 가령 시험기간 2주 동안 수학 공부를 접는다는 건 그야말로 위태로운 모험이 될 수도 있다.

나도 중학생 때까지는 이 같은 방법들이 자연스럽지 않았다. 여러 번의 내신시험을 거치고 많은 시행착오를 겪으면서 나한테 가장 잘 맞는 방법으로 루틴이 자리 잡게 된 것이다. 자신에게 가장 잘 맞는 자기만의 시험공부 방법이 필요하다. 내가 말한 방법은 참고만 하고 거기서 필요한 부분만 건져 자기 것으로 만들기 바란다. 고등학교부터는 실전이라 생각하고 중학교 때 최대한 많은 리허설을 해볼 수 있으면 좋겠다. 중학교 때 치르는 내신시험 한 번 한 번이

내 시험공부 전략을 세울 자료가 되고, 테스트해볼 기회가 되고, 보완을 위한 피드백이 될 것이다. 이 글을 읽고 있는 당신이 고등학생이라도 결코 늦지 않았다.

나만의 시험공부법, 포인트는 '요약정리'와 '반복'!

정리를 할 때는 단원의 분류와 개념의 상하 관계가 잘 드러나게 범주화하여 적는 것이 필수다. 구체적인 내용 하나하나를 암기하기 위해서는 먼저 큰 줄기를 이해하고 기억해야 한다. 키워드만 적고 그 키워드를 책갈피 삼아 관련된 내용을 기억하도록 하자.

포맷을 분석하면 전략이 보인다

나는 토익이나 토플 시험은 봐본 적이 없고 텝스만 두 번을 쳤다. 첫 번째는 서울대 입학을 위해 텝스 점수가 필요해서였고, 두 번째는 서울대 대학원 입학을 위해서였다. 첫 번째 시험은 서울대 합격 이후 텝스 준비를 따로 하지 않은 상태에서 다소 갑작스럽게 치른 것이었지만 그 당시는 수능이 끝난 지 오래 지나지 않았던 터라 인생에서 영어를 가장 잘했을 때라고 봐도 무방한 시기였다. 그 후 6년 동안 별도의 영어 공부를 거의 하지 않았다. 대부분의 전공 교재가 영어로 된 원서이긴 했으나 전공 교재에는 관련 용어들과 수식만 많아서 딱히 영어 공부에 도움이 될 만하지는 않았다. 그리고 치른 두 번째 텝스 시험에서 나는 6년 전보다 100점 넘게 오른 점수를 받았다.

　사실 두 번째 시험은 약간의 공부를 하긴 했다. 시험 한 달을 앞두고 책을 한 권 샀다. 처음 몇 장을 봤는데 오랜만에 영어 문법과 단어를 외우고 긴 지문을 읽으려니 머리에 쥐가 날 것 같았다. 결국 그 두꺼운 책을 맨 앞 몇 장만 보고 맨 뒤에 있는 모의고사로 넘어갔다. 그때 공부한 기간은 길게 봐야 일주일이 되지 않았다. 그런데도 내가 100점 넘게 오른 점수를 받을 수 있었던 비결은 크게 두 가지였다.

　첫 번째는 시험의 포맷을 분석한 것이었다. 거창하게 분석이랄 것도 없고 그냥 모의고사를 풀어보면서 이 시험에 어떤 영역이 있고, 각 몇 분씩 시험을 치고, 몇 문제가 나오고, 어떤 유형의 문제들이 나오는지를 한번 훑어봤을 뿐이다. 본격적으로 영어 공부를 할 목적은 아니었으니 시험 대비라곤 시험 자체를 분석하는 일밖에 없었다. 그것만으로도 점수는 올라간다. 취업준비를 하면서 매달 토익 시험을 보는 사람들은 영어 공부를 아주 열심히 하지 않더라도 매달 약간씩 점수가 올라가는 경우가 많다. 영어 실력이 늘고 있다고 뿌듯해들 하지만 사실 그건 '실력'이 아니라 시험의 포맷에 익숙해지는 '적응'의 과정이다.

두 번째 비결은 나름의 전략을 가지고 시험에 임한 것이었다. 모의고사 몇 회분을 풀어봤더니 듣기나 문법은 며칠 공부한다고 나아질 게 없어 보였다. 그래서 독해에만 주력했는데 RC(reading comprehension, 독해) 파트는 풀 때마다 시간이 너무 많이 모자랐다. 특히 RC 중간쯤에 있는 특정 유형의 문제는 시간을 엄청 잡아먹고도 좀처럼 맞히기가 힘들었다. 그래서 그 문제를 과감히 버렸다. 어차피 시간도 모자란데 뭘. 약점이 있는 유형에 집중해서 극복하려고 애쓰는 대신 단 한 문제를 포기하는 대가로 시간에 훨씬 여유가 생겼고, 마음에도 여유가 생겨서 조바심 없이 더 편하게 문제를 풀 수 있었으니 결과적으로 내가 쉽게 맞힐 수 있는 문제 여러 개를 더 건질 수 있었다. 실제 시험에서 문제를 푸는 순서도 뒤쪽에 나오는 가장 자신 있고 빠르게 풀 수 있는 유형을 먼저 풀고, 그다음 앞쪽의 보통 문제들을 풀고, 가운데쯤 있는 자신 없는 유형은 그중 풀 만해 보이는 몇 문제만 집중하고 나머지는 그냥 찍었다. 처음부터 그렇게 하기로 계획하고 시험을 쳤다. 시험의 포맷을 분석하니 저절로 전략이 수립됐다.

시험은 실전이다. 시간을 무한정 두고 공부하는 것과는 다르다. 모르는 문제를 어떻게든 맞히려고 애쓰는 건 시험 시간이 많이 남았을 때나 시도해보는 모험이다. 관건은 시간인데 이 제한된 시간을 어떻게 '최적화optimization'할지에 대해 나름의 전략을 세울 필요가 있다.

최적화에 정답은 없다. 각자 편한 방식이 있을 수 있고, 시험문제의 구성에 따라서도 천차만별이다. 그리고 각자의 목표에 따라서도 방법이 달라질 수 있다. 우선 목표부터 명확히 하자. 무조건 100점이 목표인지, 아니면 90점 이상이면 충분한지, 80점만 넘겨도 만족한지에 따라 시간 관리를 달리해야 한다.

수능 수학을 예로 들어보자. 수능 수학은 오지선다형 객관식 21문항과 단답형 주관식 9문항으로 총 30문항이다. 배점은 2점 3문항, 3점 14문항, 4점 13문항으로 총 100점이고 시험 시간은 100분이다. 한 문제당 3분 이상 시간이 있으니 언뜻 충분해 보일 수 있지만 쉬운 문제와 어려운 문제의 차이가 크다. 상위권의 변별력을 위한 최고난도 문항을 소위 '킬러 문항'이라고 하는데, 대표적인 킬러 문항으로는 객관식 마지막 문제인 21번, 주관식 마지막 두 문제인 29, 30번 문제가 꼽힌다. 특히 30번 문제의 난이도는 무시무시하다. 시험의 난이도에 따라 달라지지만 이과 학생들이 주로 보는 수학 가형 기준으로 보통 92점 이상이면 1등급을 받고 88점 정도부터 2등급을 받을 수 있다.

문항 수	배점
객관식(오지선다형) 21문항 주관식(단답형) 9문항	2점 X 3문항 = 6점 3점 X 14문항 = 42점 4점 X 13문항 = 52점
총 30문항	총 100점

수능 수학의 시험문제 구성

시간 내에 모든 문제를 다 푼다고 가정해보자. 킬러 세 문제를 제외한 27문제를 한 문제당 2분 만에 푼다고 가정하면 54분이 소요된다. 마킹할 시간을 빼고 약 45분이 남는다고 하면 킬러 세 문제는 한 문제당 15분 이내에 풀어야 한다. 그런데 이 15분이 킬러 문제를 풀기에는 결코 충분한 시간이 아닐 수 있다. 여기서 가장 어려운 30번 문제를 버린다면? 21번과 29번 문제는 한 문제당 20분 이상 고민할 수 있는 시간을 확보할 수 있다. 100점은 받을 수 없지만 96점을 받을 수 있는 확률은 올라간다. 또 1등급만 받으면 된다고 했을 때? 보통은 4점짜리 두 문제까지 틀려도 괜찮으니까 30번은 버리고 21번과 29번 중 더 할 만해 보이는 문제 하나를 골라 40분 이상의 시간을 온전히 한 문제에 쏟아도 된다. 21번은 객관식이니 1~20번의 답 중 가장 적게 나온 번호를 찾아서 답을 찍고 29번에 올인하는 것도 가능하다. 물론 킬러 제외 27문제를 다 맞힌다는 전제가 필요하지만 어쨌든 30문제를 다 풀려고 용을 쓸 때보다 1등급 받을 확률이 아주 높아진다는 점만은 확실하다. 목표 대학이 수학 2등급 이상만을 요구한다면 처음부터 킬러 세 문제를 다 버리고 나머지 문제들을 한 문제당 3~4분씩 고민해서 정답률을 높일 수도 있다. 사실 처음 몇 문제는 단 몇 초 만에 풀리는 문제들이니 나머지 문제들은 한 문제당 4분 이상 고민하는 것이 가능해진다.

내신시험은 시험 시간이 훨씬 더 짧고 서술형 문항도 있는 경우가 많기 때문에 시간 관리가 더 중요하다. 시험을 치다 보면 풀릴 듯하면서 풀리지 않는 애매한 문제가 꼭 있다. 최악은 이 애매한 문제를 5분이고 10분이고 붙잡고 있다가 결국 풀지도 못하고 시간만 모자라게 돼서 다른 문제들까지 다 놓치는 경우다. 그렇기 때문에 어느 정도 어려운 문제에 어느 정도 시간을 쏟을지, 어느 정도 선에서 포기하고 다음 문제로 넘어갈지, 이런 부분들에 대해 사전에 스스로와의 합의가 필요하다.

내가 했던 방법을 소개하자면 이렇다. 일단 처음 문제를 풀 때는 아주 쉽거나 내가 확실하게 푸는 방법을 아는 문제만 푼다. 조금이라도 까다로워 보이거나 풀이가 길어질 것 같으면 체크를 하고 넘어간다. 단, 문제를 풀지 체크를 하고 넘어갈지의 판단은 반드시 몇 초 이내로 이뤄져야 한다. 사실 그런 판단이 빠르고 정확하기 위해서는 많은 학습량이 바탕이 되어야 하는데 어쨌든 나는 애매하다 싶은 문제는 고민하지 않고 무조건 체크를 했다. 문제를 풀었더라도 실수의 가능성이 있겠다 싶은 문제는 시간이 되면 다시 한번 점검하기 위해 체크를 했다.

이렇게 한 바퀴 돌면 반 정도 문제를 풀게 되는데 확실히 아는 쉬운 문제만 풀었기 때문에 생각보다 시간이 많이 지나지 않는다. 줄어든 문제 수에 비해 시간은 크게 줄지 않았으므로 남은 문제들은 한 문제당 고민할 수 있는 시간이 늘어나는 셈인데 이 사실이 마음에 큰 위안을 줘서 결과적으로 차분해지고 실수가 줄어든다.

두 번째 풀 때는 조금 까다로워 보이는 문제나 서술형 문제에 본격적으로 시간을 쏟는데 이번에도 가장 어려워 보이는 두어 문제는 건들지 않는다. 풀다 막히는 문제도 가급적 빠르게 넘어가고 푼 문제는 체크를 지운다. 이제 마지막으로 남은 문제와 남은 시간을 고려해서 안 풀었던 가장 어려운 문제, 풀다가 막혔던 문제, 풀었지만 답에 확신이 없는 문제 중 어떤 문제를 풀고 어떤 문제를 버릴지, 어떤 문제를 먼저 풀고 어떤 문제를 나중에 풀지를 결정한다.

이런 일련의 과정은 평소 많은 연습이 되어 있어야 빠르고 합리적으로 이뤄질 수 있다. 시험 중 발생할 수 있는 여러 예상치 못한 변수에 대비하기 위해서도 다양한 상황에 대한 시뮬레이션이 필요하다. 내신시험의 경우 한 번 한 번 치를 때마다 그 자체로 시험에 대한 공부가 된다. 그래서 매번의 시험 이후에는 결과에 대한 피드백을 스스로 주고받는 과정이 반드시 필요하다. '이번에 이렇게 해서 시간 관리가 잘 안 됐으니 다음에는 이 부분을 이렇게 보완해서 이렇게 해보자.'라는 식으로 말이다. 수능시험은 중요도가 크고 여러 번 치르지 않기 때문에 모의고사라는 것을 꾸준히 치른다. 모의고사는 비슷한 문제가 수능에 나올 수 있어서 중요한 게 아니라 수능시험의 포맷에 익숙해질 필요가 있고, 그에 맞춰서 시험 전략을 수립할 수 있어야 하기 때문에 중요하다.

내가 수능시험을 칠 때 내 바로 앞자리에 앉았던 학생은 어느 과목의 답안지를 걷을 때 "잠깐만요, 마킹을 아직 다 못 했어요."라고 간곡하게 외쳐댔지만 가차 없이 답안지를 뺏기고 말았다. 그런 일 생기지 말라고 모의고사를 수십 번이나 쳐봤을 텐데도 말이다. 시험을 치르는 방법 자체에 대한 연습이 부족하면 이렇게도 위험한 결과가 나올 수 있다. 공부를 아무리 잘해도 답안을 밀려서 쓰거나 마킹을 실수하면 꽝인 것처럼 말이다. 마킹을 하고 마킹이 제대로 맞게 되었는지 점검하는 시간도 당연히 계획하에 둬야 한다. 이처럼 사소해 보이지만 사소하지 않은 부분들까지 전략적으로 다 준비가 되면 시험에 임할 때 자신감이 커진다. 튼튼해진 멘탈은 실수를 쉽게 허용하지 않는다. 예상보다 어려운 문제가 많아서 남들은 모두 당황할 때에도 나는 미리 정해놓은 내 원칙에 따라 대처하면 되기 때문에 평정심을 유지할 수 있다. 내가 어려우면 남들도 다 어렵겠지 뭐.

야구에서 타석의 타자는 경기 상황과 볼 카운트에 따라 투수의 투구를 예측하고 자신의 스윙 방법을 결정한다. 단타가 필요할 때 큰 스윙을 한다거나, 투 스트라이크가 되기 전과 후에 같은 스윙을 한다면 좋은 결과가 나올 가능성은 그만큼 줄어든다. 내가 아무 공이나 다 쳐낼 수 있는 괴물 타자가 아니라면 매 순간 상황에 맞는 전략을 가지고 타석에 들어서야 한다.

각 과목별로 시험 시작 전에 미리 시험의 전략을 수립해놓도록 하자. 내가 설명한 방법을 따라할 필요는 없다. 참고 정도만 하고 각자 자신에게 맞는 방법을 찾으면 된다. 몇 번의 시행착오를 겪을 수도 있지만 그 과정을 잘 버티고 활용한다면 자신에게 딱 맞는 스윙을, 아니 시험의 전략을 찾을 수 있을 것이다.

시험은 실전이다, 제한된 시간을 '최적화'하자!

어느 정도 어려운 문제에 어느 정도 시간을 쏟을지, 어느 정도 선에서 포기하고 다음 문제로 넘어갈지, 이런 부분들에 대해 사전에 스스로와의 합의가 필요하다. 각 과목별로 시험 시작 전에 미리 시험의 전략을 수립해놓도록 하자.

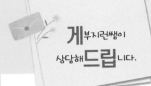

4. 절대 부지런할 수 없는 학생들에게

게으른 사람이 갑자기 부지런해지는 건 사실 불가능에 가까운 일이야. 쌤이 게으른 사람이라 누구보다 잘 알거든. 어떤 일을 해내기 위해서 많은 노력이 필요할 때, 의지와 정신력만 강조하는 건 정말 촌스러운 일이지. 그것보다 조금 더 세련된 방법을 알려줄게. 충분히 실천 가능한 목표들을 만들어서 그걸 습관으로 만드는 것, 그게 쌤이 말하는 최소한의 부지런함이야.

예를 들어 매일 자기 전에 팔굽혀펴기를 한다고 해봐. 팔굽혀펴기를 잘 못하는 사람한테 한번에 20개를 하라고 하면 억지로 한두 번 하다가 포기하게 될 거야. 대신 하루에 딱 3개씩만 하라고 하면 그 정도는 할 만하겠지? 며칠 그렇게 하다가 횟수를 더 늘려도 되겠다 싶을 때 하나씩만 늘려가는 거야. 그런 식으로 차츰차츰 하다보면 어느 순간 자기 전에 팔굽혀펴기 20개를 하는 게 그렇게 힘든 일이 아닌 게 돼버리거든.

하루에 영어 지문 3개, 수학 문제 5개, 이런 식으로 할 수 있는 만큼만 목표를 정해서 습관이 들도록 꾸준히 해보자. 할 만해지면 조금씩 늘리고. 의지가 아닌 습관이 행동하도록 장치를 마련해두는 것, 조금 멋있는 것 같지 않아?

산을 오를 때 무조건 포기하지 않고 정상까지 가겠다고 마음먹으면 성공 확률이 오히려 떨어진대. 어차피 끝까지 못 갈 것 같다는 생각이 들면 더 일찍 포기해버리게 되거든. 차라리 마음을 비우고 너무 힘들면 언제든 내려오겠다 생각하고 시작하면 힘이 닿는 데까지는 최대한 가보려고 하는 마음이 더 생긴다 하더라고.

5

나는 개부지런하다

산지직송의 정보

　말했다시피 내 시험공부는 책상보다는 주로 침대와 소파에서 이루어졌다. 그러다 보면 어찌할 수 없이 잠이 쏟아지곤 했다. 그러면 그냥 잤다. 어차피 버티고 있어봤자 책이 눈에 들어오지도 않을 테니까. 한숨 자고 일어나면 훨씬 더 맑은 머리로 다시 공부할 수 있을 테니까. 말은 그랬지만 사실 자고 일어난 머리가 과연 맑았는지는 잘 모르겠다.

　그런데 그냥 게을러서 그랬던 것이 나중에 알고 보니 공부하는 데 아주 도움이 되는 좋은 습관이었다. 대박! 많은 전문가들이 공부를 마친 직후 바로 잠자리에 들라고 추천한다. 기억에 도움이 되기 때문이다.

　방금 책을 보고 공부한 내용은 일단은 단기기억에 머물

러 있다. 이것이 장기기억으로 전환되기까지는 어느 정도 시간이 필요하다. 그런데 단기기억은 하늘하늘한 상태여서 새로운 정보가 유입되면 곧잘 쓸려 나가버린다. 그래서 고화작용이 충분히 일어나기까지 새로운 외부 정보를 최대한 차단하며 시간을 벌어줄 필요가 있는데, 말할 것도 없이 잠을 자는 것이 가장 좋은 방법이다. 공부하고 한숨 자고 이런 패턴을 반복할 수만 있다면 아주 효율적인 공부를 할 수 있다. 최악은 공부를 마친 후에 '아, 오늘도 공부하느라 정말 수고했어. 고생한 나를 위해 잠시 힐링의 시간을 가져야겠어.'라는 생각으로 스마트폰을 꺼내드는 것이다. 실컷 어렵게 공부한 내용이 뭐였는지 스마트폰의 현란한 교태 앞에 정작 내 머리는 하나도 스마트하지 않게 되리라.

불필요한 정보를 차단하는 것은 기억이 저장되는 경로를 줄이는 것과 같다. 유통경로가 짧을수록 소비자가 신선한 채소를 접할 수 있듯, 기억이 저장되는 과정에 방해되는 것 없이 산지에서 소비자까지 직배송이 되면 그만큼 신선한 정보를 저장하고 보관할 수 있다.

저장된 기억을 인출할 때에도 경로가 짧으면 좋다. 책갈피 이론의 연장선인데 기억이 잘 떠오를 수 있는 환경을 만들어주는 것이다. 형상기억합금shape-memory alloy은 모양이 변형되었다가도 특정한 온도 등의 환경이 되면 원래의 모양으로 돌아가면서 의도한 기능을 하거나 물성을 갖게 되는 합금이다. 습득된 기질이 제대로 발휘되기 위해서는 적합한 환경이 갖춰져야 한다는 뜻인데, 핵심은 그 기질이 습득될 때와 최대한 비슷한 환경을 만들어주는 것이 좋다는 얘기다.

올림픽을 앞둔 양궁 국가대표팀은 녹음한 관중 소음을 크게 틀어놓고 훈련을 한다고 한다. 단순히 적응을 하고 집중력을 키우기 위해서가 아니다. 훈련할 때는 조용한 환경에서 했는데 실전에서 관중석의 소음이 심하다면 훈련해 쌓은 실력이 제대로 발휘되지 않을 수 있기 때문이다.

우리는 그 반대이다. 우리는 오히려 적막함에 대비해야 한다. 평소 공부할 때 항상 귀에 이어폰을 꽂고 음악을 크게 들으면서 했는데 시험을 칠 때 고요함 속에 연필 소리만 사각사각거리면 집중력이 크게 저하된다. 그 고요함 자체가 불안요소가 된다. 비슷한 예로 평소 항상 스마트폰으로 시간을 확인하고 틈틈이 메신저나 SNS를 확인하는 버릇이 단단히 들어 있다면 스마트폰이 내 통제 속에 있지 않은 순간이 견디기 어려울 수 있다. 이렇게 스마트폰은 또 한 번 우리를 스마트하지 못하게 만드는 녀석임이 드러난다.

어느 유명한 학습 전문가는 수험생들에게 수능시험이 다가오면 생활패턴을 최대한 수능 시간표에 맞추라고 했다. 국어영역을 치르는 시간에 국어 공부를 하고, 수학영역을 치르는 시간에 수학 공부를 하라는 말이다. 그런 생활이 충분히 몸에 밴 상태로 시험을 치게 되면 기억을 떠올리는 일이 훨씬 자연스러워진다. 공부할 때와 최대한 비슷한 환경이 그 자체로 책갈피 역할을 한다. 그래서 우리는 연습을 실전처럼, 실전을 연습처럼 해야 한다.

사실 이와 관련해서는 나는 할 말이 많이 없어야 하는 게 맞다. 잘 알면서도 내가 제일 실천하지 못하는 부분이기 때문이다. 실전과 비슷한 환경에서 공부하려면 일단 책상 앞에 앉아 공부를 해야 한다. 결과적으로 공부한 직후 잠이 든 것이 좋았다는 얘기지 침대나 소파에서 공부하는 게 좋은 옵션은 아니다. 학생 때 항상 귀에 이어폰을 꽂고 노래를 들으며 공부하기도 했다. 그냥 스트레스를 최소화하며 공부했던 거라는 정도의 변명을 하겠다. 지금도 나는 귀에 이어폰을 꽂고 폭풍 랩을 따라하면서 책상 위 스마트폰에는 저절로 돌아가는 게임을 돌려놓고 글을 쓰는 중이긴 하다.

아무튼 학습을 한다는 것은 기본적으로 정보를 저장하고 이를 끄집어내는 과정이니 최대한 그 경로를 간단하게 하면 좋겠다. 산지직송의 정보는 신선하다. 당장 이어폰부터 빼라. 공부할 때는 스마트폰도 보이지 않는 곳에 두고 되도록 손목시계를 쓰면 더 좋겠다. 그리고 오늘의 공부를 마쳤으면 딴짓하지 말고 그냥 발 닦고 잠이나 자라. 공부하는 중간중간에도 잠이 오면 괜히 버티지 말고 그냥 한숨 자고 해라. 불필요한 정보가 차단돼서 기억이 잘 되든 아니면 하다못해 체력이라도 보충되고 스트레스라도 줄어들지 않겠나. 물론 한번 잠들었다 하면 무조건 다음 날 아침까지 기절해버리는 사람이라면 함부로 잠이 들어선 안 되겠지만 말이다.

공부를 마친 직후 바로 잠자리에 들어라!

공부하고 한숨 자고 이런 패턴을 반복할 수만 있다면 아주 효율적인 공부를 할 수 있다. 불필요한 정보를 차단하는 것은 기억이 저장되는 경로를 줄이는 것과 같다. 기억이 저장되는 과정에 방해되는 것이 없으면 그만큼 신선한 정보를 저장하고 보관할 수 있다.

기출문제, 왜 푸니?

내신시험이 다가오면 학생들은 어김없이 기출문제를 푼다. 저작권 문제도 있고 해서 기출문제를 확보하는 일부터가 쉽지 않기 때문에 족보 같은 것이 떠돌기도 하고 오로지 시험기간에 기출문제를 구하기 위한 목적으로만 학원을 다닌다고 말하는 학생을 본 적도 있다. 으레 그렇게 해왔으니 기출문제를 풀긴 푸는데, 다들 그렇게 기를 쓰고 푼다는 기출문제, 왜 푸는 걸까?

기출문제를 푸는 이유로 학생들이 주로 말하는 몇 가지가 있다. 가장 흔한 대답부터 나열해 그 진위를 한번 살펴보겠다. 자, 팩트체크 들어갑니다. 너희들, 기출문제는 도대체 왜 푸는 거니?

"시험에 나왔던 문제니까 중요한 문제잖아요."

시험에 나왔던 문제는 중요한 문제일까? 최근 몇 년 사이 나온 적 있는 문제라면 오히려 이번 시험에는 안 나온다는 말 아닐까?

선생님들은 출제를 할 때 어떤 문제를 낼지 너무 읽히면 안 되기 때문에 일부러라도 변화구를 많이 던진다. 대표 문제, 핵심 문제, 빈출 문제로만 한 회 시험을 채워놓으면 너무 뻔한 시험지가 되기 때문에 다소 중요도가 낮고 대표성이 떨어지는 문제도 많이 섞어 넣는다. 그렇기 때문에 학교 시험의 시험지는 의외로 엉성하거나 완성도가 떨어지는 경우가 많다. 학교 시험에 한번 출제된 '특이한' 문제들은 적어도 앞으로 십 년은 시험에 나오지 않을 문제들이다. 시험에 나올 가능성이 높은 중요한 문제 위주로 공부하고 싶다면 차라리 대표유형이 체계적으로 정리된 시중의 문제집을 보는 편이 훨씬 낫다.

기출문제는 예상문제가 아니다. '기출旣出'문제는 말 그대로 '이미 출제된' 문제다. 앞으로 출제될 문제가 아니다. 구관이 꼭 명관은 아니다.

"선생님의 출제성향을 파악해야죠."

학원들 중에는 '학교별 출제성향'을 분석하고 알려준다고 광고하는 곳들이 많이 있다. 학생들 입장에서도 우리학교 시험문제의 특성을 콕 집어서 알려준다고 하면 누구나 혹할 만하지 않겠나. 그러나 막상 그런 수업을 들어보면 알맹이는 없고 하염없이 문제만 반복해서 풀게 하는 곳이 많다. 그간의 내 경험을 바탕으로 얘기하자면 출제성향이라는 것은 사실 허상에 불과하다.

일단 매년 출제하는 선생님이 일정하지 않다. 한 시험을 출제하는 선생님이 여럿이라면 그만큼 출제성향은 평준화된다. 너무 특이한 출제성향은 검수 과정에서 퇴짜를 맞는다. 그렇다고 직구만 던질 수도 없다. 결국 선생님들은 각자 본인이 내고 싶은 문제만 내기가 어려워진다. 그런데그런 속사정도 모르고 그걸 분석해보겠다고 덤벼들어봤자딱히 건질 것이 없다.

물론 선생님에 따라서는 뚜렷한 출제성향을 가진 분들이 있을 수 있다. 특정 유형의 문제를 너무 좋아해서 매년출제하는 분들도 있고, 늘 반듯하셨던 그 공업 선생님처럼 분석할 거리를 제공해주시는 분들이 있다. 그러나 그런 경우는 극히 예외적이며 보통은 분석이라고 해봤자 우리 학교는 시험문제가 쉽다, 어렵다, 서술형 비중이 어느 정도 된다, 증명 문제가 나온다더라, 뭐 이런 정도로 오픈된 정보의 수준에 불과한 경우가 많다.

출제성향이 얼마나 의미가 있는지 없는지를 떠나서 사실 출제자가 성향을 일관되게 유지한다는 것부터가 쉽지 않다. 의도한 대로 출제를 한다는 것은 생각보다 어려운 일이다. 한국교육과정평가원에서 매년 심혈을 기울여 수능과 모의고사를 출제하지만 6월과 9월 모의고사의 난이도나 출제성향이 실제 수능까지 일관되게 이어지는 경우는 거의 본 적이 없다.

매년 수험생들은 뒤통수를 얻어맞기 마련이다. 평가원에서 그만큼 공을 들여도 잘 못하는 일인데 하물며 학교 선생님들 개개인이 직접 출제하는 한 번 한 번의 내신시험이야 말할 필요가 없다. 학교 현장에서는 평균 70점을 의도하고 출제한 시험의 실제 평균이 40점이나 90점이 나오는 경우도 허다하다.

출제성향의 함정에 빠지지 말자. 학원들의 '기말고사 적중률 92%' 이런 광고 문구에 혹할 필요도 없다. 기출문제 분석을 통해 예측한다고 하지만 그런 광고를 내거는 곳은 문제의 유형이 아주 조금만 비슷한 듯해도 적중했다고 본다. 백이면 백 허위고 과장이고 사기다. 그런 식이라면 나도 내신대비 수업의 적중률 무조건 100% 찍을 자신이 있다. 실제로 그 정도 적중률을 자랑한다면 학원에서 예상문제나 뽑고 있을 게 아니라 점집을 차려 훨씬 더 이름을 날릴 수 있으리라.

"실전 감각을 키울 수 있어요."

그래, 바로 이거다! 이것이 우리가 기출문제를 푸는 진짜 이유다. 기출문제의 본질은 리허설이다. 중요한 것은 문제의 질이나 성향이 아닌 형식이다. 포맷을 분석하면 전략이 보인다고 하지 않던가. 기출문제가 중요한 이유는 실전에 가깝기 때문이고, 낱개의 문제가 아닌 한 회 시험으로 제대로 구성이 돼 있기 때문이다. 그렇기 때문에 꼭 우리 학교의 기출문제만을 고집할 필요도 없다. 시험 그 자체에 익숙해지기 위한 예행연습이 기출문제다. 우리가 고등학교 3년 동안 그 많은 수능 모의고사를 치르는 것과도 같은 이유다.

산지직송을 위해서 연습을 실전처럼, 실전을 연습처럼 해야 한다고 했다. 그래서 기출문제를 풀 때는 실전과 최대한 비슷한 환경을 유지하는 것이 중요하다. 시간 체크는 필수다. 한정 없는 시간에 기출문제를 푸는 것은 아무 의미도 없다. 중간에 화장실을 가거나 딴짓을 하는 것도 안 된다. 노트도 쓰면 안 되고 시험지에 풀어야 한다. 못 푸는 문제는 시간 내에 찍는 것까지도 똑같이 해야 한다. 찍어서 맞힌 것도 맞힌 거다. 나는 학생들에게 평소 테스트를 치를 때 모르면 찍으라고 하고 찍어서 맞힌 것도 다 인정을 해준다. 거기까지도 연습이다. 그것도 꽤 중요한 연습이다.

기출문제를 푸는 것은 공부가 아니다. 공부를 할 때는 깊이 생각하고, 다양하게 고민하고, 틀린 문제는 고치고 끊임없이 반복해야 하지만 기출문제는 실전 연습이기 때문에 빠르게 생각하고 효율적으로 풀어야 한다. 이 과정이 잘 안 되면 공부가 충분하지 않다는 증거이니 기출문제는 덮고 공부부터 더 해야 한다. 기출문제는 지금까지의 공부를 점검하고 시험의 전략을 수립하기 위한 테스트다. 충분히 공부가 안 된 상태에서는 전혀 의미가 없는 과정일 뿐이다.

사실 나는 학생 때 기출문제를 풀어본 적이 전혀 없다. 정말 단 한 번도 없는 것 같다. 그런 걸 어디서 어떻게 구하는지도 몰랐고, 남들은 다 그런 문제를 풀어본다는 사실조차 그때는 몰랐다. 지금도 나는 기출문제의 우선순위가 그리 높다고 생각하지는 않는다. 물론 여러모로 도움이 될 수 있지만 점검을 하기 전에 일단은 공부를 하고 실력을 쌓는 쪽이 우선이다. 내신대비 기간에 진도가 빠듯하거나 진행과정이 순조롭지 않을 때 가장 먼저 비중을 줄이거나 생략하는 것이 기출문제 풀이다. 리허설은 생각하기에 따라 중요할 수도, 중요하지 않을 수도 있다. 누군가 나한테 기출문제를 꼭 풀어야 하느냐고 묻는다면 나는 이 정도로만 답을 하겠다.

"안 풀어보는 것보단 낫다."

포맷을 분석하면 전략이 보인다!

기출문제의 본질은 리허설이다. 중요한 것은 문제의 질이나 성향이 아닌 형식이다. 기출문제를 풀 때는 실전과 최대한 비슷한 환경을 유지하는 것이 중요하다. 시간 체크는 필수다. 한정 없는 시간에 기출문제를 푸는 것은 아무 의미도 없다.

필기에 대한 오해

형형색색의 볼펜과 형광펜, 반듯반듯한 글씨, 잘 정돈된 표와 그래프, 자 대고 그은 밑줄, 곳곳에 별표와 동그라미로 빽빽한 노트, 보기만 해도 뿌듯하지 않은가? 잘 정리된 노트는 공부에 쏟은 시간에 대한 증거이고 투자에 대한 결실이다.

앞에서도 언급했지만 우리의 뇌는 정보를 이미지화해서 기억을 하기 때문에 노트를 보기 좋게 정리하는 것은 중요한 일이다. 하지만 예쁜 필기의 함정에 빠져서 더 중요한 포인트를 놓치는 일은 없었으면 한다. 수고만큼의 효과가 있는지 말이다.

중학생 때 어느 날 학교 책상 아래 서랍에 넣어뒀던 내 한국사 교과서가 사라진 일이 있었다. 한참을 뒤져도 안 보여서 의아해하고 있었는데 몇 시간 뒤에 같은 반 친구 한 명이 내 교과서를 갖고 나타났다. 그 친구 말이 공부 잘 하는 애는 책이 어떤가 싶어서 말없이 가져가 잠깐만 보고 돌려주려 했는데 내 책을 펴보니 이상하게 책이 술술 읽히고 눈에 잘 들어오더란다. 그래서 한참 들여다보느라고 몇 시간이나 지나 책을 돌려주게 됐다며 미안하다고 했다. 책이야 같은 책이고 내가 해놓은 필기가 도움이 되더라는 얘기인데, 사실 필기라고 해봐야 별거 없었다. 색깔 펜도 쓰지 않고 글씨도 악필이며 필기의 양도 보통 학생들보다 훨씬 적었다. 최소한의 밑줄과 동그라미, 어쩌다가 별표, 그리고 정말 최소한의 메모만 있을 뿐이었다.

반면, 고등학생 때 한 친구는 교과서에 밑줄과 동그라미를 너무 많이 해놔서 멀쩡한 책 글씨가 잘 보이지 않을 정도였다. 얼마나 펜을 많이 휘갈겨놨던지 책은 곳곳에 구멍이 뚫리기까지 했다. 다들 너덜너덜한 그 친구의 교과서를 보며 신기해하기도 하고 공부를 엄청 열심히 한다고 감탄을 하기도 했다. 나 혼자만 '저래가지고 공부가 되긴 되나?' 하고 의문을 가졌을 뿐이었다. 아니나 다를까, 1학년 때 공부를 잘한다고 주목을 많이 받았던 그 친구는 학년이 올라갈수록 상위권에서 두각을 드러내지 못했다.

이쯤에서 많이들 가지고 있는 필기에 대한 오해를 몇 가지 소개하고자 한다. 첫 번째 오해는 '필기는 노트에 하는 것이 좋다'이고, 두 번째 오해는 '필기는 꼼꼼하게 하는 것이 좋다'이다.

우선 용어부터 정리하고 보겠다. '필기'는 글자 그대로 그냥 글씨를 쓴다는 뜻이지만 주로 '받아 적는 것'을 의미한다. 그런 의미에서 노트를 예쁘고 보기 좋게 정리하는 것은 말 그대로 '노트 정리'이지 여기서 말하고자 하는 필기는 아니다. 내 기준에 필기는 책에 하는 것이고 요약정리는 노트에 하는 것이다. 노트 정리에 관해서는 앞서 요약본 만드는 방법을 자세히 설명했으므로 여기서는 논외로 하겠다.

기본적으로 필기는 혼자 공부할 때를 위해서 수업 들을 때 기록을 남겨두는 행위이다. 수업한 내용을 혼자서 복습할 때 책을 보고 하는가? 아니면 노트를 보고 하는가? 책을 통째로 노트에 옮겨놓을 요량이 아니라면 당연히 기본은 책이다. 책에 적힌 내용만으로 혼자서 충분히 이해하기 힘들 것 같을 때, 또는 선생님이 책과 다른 방법이나 책 이상의 내용을 설명했고 이를 기억해야 할 것 같을 때 책에 약간의 보완을 하는 것이 필기다. 그러니 기억해야 할 내용이 '책 내용+알파'일 때 그 '알파'에 해당하는 부분만 책의 적절한 공간에 최소한으로 기록해두면 된다.

학원에서 강의할 때 나는 내가 설명하는 내용을 받아 적으라거나 별표를 쳐두라는 말을 잘 하지 않는 편이다. 필기는 학생이 본인의 자의적인 판단에 따라서 해야 하는 것이기 때문이다. 자기가 이해하기 어려울 듯하거나 기억할 자신이 없는 내용만 적어두는 것이니 그 판단에 내가 관여하기 어렵다. 모두가 같은 필기를 할 만한 내용이라면 이미 책에 잘 정리가 돼 있기 마련이다.

그런데 공부 습관이 잘 배어 있지 않은 학생들은 내가 중요한 내용을 아무리 강조해도 도무지 받아 적질 않는다. 그래서 필기 좀 하라고 잔소리를 하면 그제야 칠판에 적힌 풀이를 통째로 다 옮겨 적는다. 뭘 적어야 하는지를 모른다는 것이다. 나중에 혼자서 복습한다는 생각을 전혀 하지 않기 때문에 나오는 행동이다. 그걸 다 받아 적으려면 수업 흐름도 끊기고, 받아 적는 동안 눈과 손만 바쁘지 뇌는 활동을 멈추게 된다. 필기는 무조건 간결해야 한다. 꼼꼼하게 다 받아 적는다고 좋은 게 절대로 아니다. 꼭 필요한 내용만 추려서 적어야 한다. 이것저것 다 적어놓으면 안 적느니만 못할 수 있다. 마찬가지로 밑줄과 별표는 아껴서 하는 게 좋다. 물론 학교 수업에서 선생님이 유난히 강조하는 내용이 있다면 그런 것이야말로 진짜 필기가 필요한 부분이니 별표를 아끼지 말고 여러 개 달아놔도 괜찮다.

마지막 세 번째 필기에 대한 오해는 '오답노트를 관리하는 것이 좋다'이다. 사실 나는 문제를 풀 때 노트에 푸는 방식부터 별로 좋아하지 않는다. 나중에 한 번 더 풀려고 책을 깨끗하게 하기 위해서라면 인정한다. 그냥 성격이 책을 더럽히지 못하는 편이라면 그것도 인정한다. 또는 문제와 문제 사이에 풀 공간을 거의 주지 않는 문제집을 풀 때는 어쩔 수 없이 노트를 써야 할 터이다. 그런데 그런 경우들이 아니고서는 노트에 문제를 풀면 괜히 번거롭기만 할 뿐 공부에 별로 도움될 게 없다는 생각이다. 나는 책을 다시 볼 때 내가 어떻게 풀었는지 알 수 있도록 책에 그대로 흔적을 남겨두는 편을 선호한다.

틀린 문제를 다시 풀어서 맞히게 되기까지의 과정이 공부라고 했다. 그만큼 틀린 문제를 관리하는 일이 중요하다. 아마 나와 같이 학생을 가르치는 선생님이라면 누구라도 오답노트 관리를 시도해보지 않은 사람이 없으리라. 제일 혹하는 방법이기 때문이다. 학부모님들의 반응도 좋다. 뭔가 하는 것 같고 효과가 있을 것 같다. 그런데 내 경험상 그 방법을 오랫동안 유지하는 선생님들은 그다지 많지 않았다. 이유는 간단하다. 학생들 입장에서 너무 번거롭고 수고스러운 데 반해 효과는 미미하기 때문이다.

오답노트는 나중에 책을 안 보고 그 노트만 펴놓고 보기 위해서 만드는 것이다. 책을 같이 볼 거면 책에 잘 풀어놓으면 되지 노트가 필요 없다. 노트만 보고 공부하기 위해서는 문제부터 다 옮겨 써야 한다. 풀이도 자기가 푸는 대로 적어서는 안 된다. 거의 해설지 수준의 풀이를 정리해둬야 의미가 있다. 학부모 입장에서는 '그 정도는 그냥 하면 되지'라고 생각할 수 있지만 보기보다 훨씬 더 번거롭다, 그 과정이. 오답노트에 한 문제를 정리할 동안 그냥 문제집을 풀면 열 문제도 거뜬히 푼다. 학생 입장에서 가장 스트레스받고 하기 싫은 작업이 오답노트 만드는 일이다.

틀린 문제를 왜 노트에 다시 풀어야 할까? 책에 풀려 있으니까? 그냥 지우고 다시 풀면 안 되나? 틀린 문제만 모아놓으려고? 그냥 책에 틀린 문제를 표시만 잘 해두면 되지 않나? 일일이 표시해두기에 문제가 많아서? 어차피 오답노트에 정리한 문제의 수가 많으면 오답노트는 의미가 없다. 만들기만 엄청 힘들고 효과도 없다.

오답노트는 왜 만들고 언제 보는 걸까? 평소에 오답노트를 수시로 펼쳐서 틀린 문제를 수시로 다시 풀고 점검하는 학생은 거의 없다. 오답노트의 가장 큰 목적은 시험 직전, 시험 전날이나 당일 아침에 짧은 시간의 점검을 위한 장치라고 보는 게 맞다. 그러므로 오답노트에는 내가 가장 많이 반복해서 실수하는 문제라든가 끝까지 이해가 쉽지 않았던 문제 등 많아야 한 과목당 열 문제 남짓 또는 그 이하로만 정리해둬야 의미가 있다. 이렇게만 한다면 크게 말리지는 않겠다. 몇십 문제 이상 써놓을 요량이라면 그냥 시간 많을 때 노트 대신 문제집을 펴두고 한 장씩 넘기면서 틀렸거나 별표 친 문제를 하나하나 점검하는 편이 좋겠다.

오답노트 만드는 일이 뿌듯하다거나 많은 도움이 된다고 여기는 학생들, 이 정도는 충분히 감수할 만하다고 생각하는 학생들은 하던 대로 하면 되겠다. 하지만 학생들 말고 학부모님들은 꼭 알았으면 한다. 효과는 별로 없는데 학생들이 많이 힘들어하고 하기 싫어한다는 사실을. 노트 정리할 시간에 그냥 틀린 문제 한 번씩 더 풀고 해설지 한 번 더 보는 방법이 훨씬 효율적이라는 사실을. 학부모부터 오답노트에 대한 집착을 버려야 한다. 오답노트에 대한 근거 없는 맹신이야말로 오답이다.

오답노트에 대한 집착을 버려야 한다!

오답노트의 가장 큰 목적은 시험 직전, 시험 전날이나 당일 아침에 짧은 시간의 점검을 위한 장치라고 보는 게 맞는다. 노트 정리할 시간에 그냥 틀린 문제 한 번씩 더 풀고 해설지 한 번 더 보는 방법이 훨씬 효율적이라는 사실······.

나는 오늘도 개부지런하다

　이 책의 제목을 정하고 나서, 내가 정한 제목이지만 '나는 게으르기 위해서 부지런하다'인지 '나는 부지런하기 위해서 게으르다'인지가 그렇게 헷갈렸다. 물론 의미를 찬찬히 생각해보면 대단히 헷갈릴 일까지야 아니겠으나 순간순간 직관적으로도 헷갈리지 않았으면 좋겠다 싶었다. 그래서 일단 앞글자를 따 '나게위부'라고 외웠다. 그 말이 입에 익을수록 덜 헷갈리긴 했는데 글자 자체가 의미 있는 단어가 아니다 보니 이 정도로는 성에 차지 않았다. 그래서 이번에는 '게'으른 것이 '부지런'한 것보다 앞에 온다는 의미에서 '개부지런'이라고 기억하기로 했고 그때부터는 거의 헷갈리지 않았다.

영어단어 'agriculture'의 뜻은 '농업'이다. 'agri'는 밭이나 토양을 의미하고 'culture'는 재배, 경작을 의미한다. 단어를 이렇게 기억하는 식도 나쁘지는 않지만 내가 들어본 더 강렬한 방법으로 '싸그리칼쳐'가 있다. 벼가 다 익어서 수확할 때가 되면 싸그리 다 칼로 쳐서 베어야 한다는 말이다. 애그리컬쳐와 싸그리칼쳐. 사지의 말단이 다 오그라드는 것 같지 않은가? 그렇다면 당신은 이 단어의 의미를 오랫동안 잊지 못할 것이다.

반복되거나 강렬한 기억은 고화작용이 잘 일어난다. "왜놈들이 쳐들어온다. 이러고 있(일오구이)을 때가 아니다." 임진왜란이 1592(일오구이)년에 일어났다는 사실은 이 암기법을 아는 사람들에게는 이제 열심히 기억할 필요도 없는 상식이다. 강렬하면서도 적절한 이름표를 붙여주는 것만큼 암기에 좋은 방법도 없다. 그리고 이것이 바로 책갈피 이론이다.

내가 가르치는 수학 과목에도 '얼싸안고'라든가 '피나면 필요조건' 같은 암기법의 바이블과도 같은 명언들이 있다. 올all, 사인sine, 탄젠트tangent, 코사인cosine의 머리글자를 딴 '올사탄코'를 '얼싸안고'로 외운다. 명제 p→q(p이면 q

이다)가 참일 때 조건 p는 조건 q이기 위한 충분조건이고, 조건 q는 조건 p이기 위한 필요조건인데, 화살표 받은 쪽이 화살 맞아서 '피'가 나니까 '필'요조건이라는 것이다. 이 간단한 것들이 은근히 헷갈리기 때문에 다양한 암기법들이 존재하는데 '얼싸안고'와 '피나면 필요조건'을 대체할 만한 것을 아직까지 보지 못했다. 내가 학생일 때 배웠던 방법이, 그보다 훨씬 옛날부터 전해져오는 방법이 지금도 그대로 쓰이고 있다. 수업시간에 이런 것들을 설명하면 이런 방식을 처음 배운 학생들은 대부분 피식하거나 부끄러워한다. 차마 입에 담기를 꺼려한다. 하지만 결국은 모두 이렇게 외우게 되고 그 이후부터 더 이상의 헷갈림은 없다.

그래서 암기가 중요한 과목일수록 선생님들은 본인만의 암기법을 개발하고 싶어 한다. 뇌에 강렬한 자극을 줘서 책갈피를 꽂을 수 있게 하는 그런 잘 만든 암기법은 선생님들에게 강력한 무기와도 같다. 화학생물공학을 전공한 나는 지금도 주기율표를 고등학교 1학년 때의 화학 선생님이 가르쳐주신 대로 외우고 있다. 그 방법은 웃기기도 하고 나름의 스토리도 있는데 그보다 중요한 점은 아주 자극적이라는 것이다. 욕과 비속어가 난무하고 심지어 음란하기까지

하다. 여기서 소개할 수 없는 것이 아쉬울 따름이다. 그때는 그저 재미있고 쉽게 외워진다는 정도로만 여겼는데, 지금 생각해보니 한 줄 한 줄 말을 만들고 스토리를 연결하느라 그 선생님이 얼마나 많은 고민을 하셨을까 싶다.

K Ca Na Mg Al Zn Fe Ni Sn Pb (H) Cu Hg Ag Pt Au

잘 외워지는가? 이것은 우리가 흔히 '칼카나마'로 알고 있는 금속의 '이온화 경향' 순서이다. 원소기호 그대로는 외우기 쉽지 않지만 칼카나마로는 누구나 어렵지 않게 외웠던 기억이 있을 것이다. '태정태세 문단세'도 마찬가지다. 조선의 27명의 왕을 그냥 이름 순서대로 외우기란 어려운 걸 떠나서 재미가 없는 과정이다. 칼카나마든 태정태세든 중요한 건 앞글자만 딴 다음 거기에 리듬감을 부여했다는 점이다.

태정태세 문단세/ 예성연중 인명선/ 광인효현 숙경영/ 정순헌철 고순

이 안정된 4+3 글자의 배치가 리듬감을 갖게 한다. 노래나 랩처럼 느끼게 되면서 외우기 쉬워진다. 여기에 '활석 많은 방형이 인정 없는 석황을 강금했다'처럼 스토리까지 보태면 금상첨화다. (참고: 모스 굳기계)

외워야 할 대상에 멜로디나 리듬, 운율을 부여하는 것은 책갈피를 꽂는 또 다른 방법이다. 같은 분량이라도 산문보다 시와 같은 운문이 훨씬 외우기가 쉽다. 산문에 가깝더라도 노래 가사는 일반적인 산문보다 훨씬 잘 외워진다. 고등학교 2학년 때의 영어 선생님은 온갖 영어 문법에 멜로디를 갖다 붙이기를 즐겨하셨다. 간접의문문의 어순인 의문사+주어+동사, 그리고 이른바 상상 동사라는 것이 나올 땐 의문사가 앞으로 간다는 뭐 이런 재미없는 문법을 노래와 율동까지 만들어서 따라하게 하셨는데, 그땐 너무 부끄럽고 '이게 뭐야' 싶었던 걸 20년이 지난 지금도 노래와 율동까지 생생하게 기억하고 있다.

노래나 랩, 율동까지 꼭 만들 필요도 없다. 가족이나 가까운 친구의 전화번호 몇 개 정도는 기억하고 있을 터이다. 그런데 핸드폰으로 본인 인증을 할 때 몇 초만 외우면 되는 고작 여섯 자리의 인증번호가 이상하리만큼 헷갈리지 않는가? 전화번호는 애초부터 네 자리씩 끊어져 있기 때문에 더 길어도 차라리 기억이 더 쉽다. 여섯 자리의 인증번호도 두 자리씩 세 부분 또는 세 자리씩 두 부분으로 끊어서 읊어봐라. 훨씬 잘 외워질 것이다. 네 자리씩 끊어 리듬을 타면서 숫자를 외우면 10~20자리의 숫자까지도 거뜬히 외우는 자신을 발견하고 깜짝 놀라게 되리라.

그런데 암기를 하다 보면 어떤 개념에 용어가 명확하지 않은 경우들이 있다. 이럴 때 그 개념에 적절한 이름을 붙여주면 그 자체로 책갈피 이론이 된다. 이름, 용어라는 것은 생각보다 굉장히 중요하다. 모든 학문은 용어를 정의하는 데서부터 시작된다. 정확한 용어를 사용하는 것은 책갈피 이론의 핵심이라고 할 수 있다. 수업을 하다 보면 원의 '중심'을 '중점'이라고 한다거나, '우함수'와 '기함수'의 의미를 반대로 기억한다거나 하는 경우를 아주 많이 본다. 내용은 알고 있더라도 용어를 잘못 기억하고 있다면 언제든 그 개념과 용어가 충돌을 일으킬 수 있고 헷갈림을 유발할 수 있다.

자연수, 정수, 유리수, 실수, 복소수 등 수학에서 사용되는 수의 체계에서 각각의 수의 이름도 알고 의미도 다 아는데 정확한 정의를 물어보면 제대로 답하지 못하는 학생들이 많다. 가장 기본인 자연수의 정확한 정의를 알고 있는가? 나는 수업을 할 때 이런 용어들의 정의를 필요 이상으로 강조하는 편이다. 그런데 수 체계에서 '정수가 아닌 유리수'와 같이 'ㅇㅇ수'라고 정의된 이름이 없는 수들이 몇 있다. 이름이 없다고 의미도 없는 것은 아닌데 말이다. 그래서 한번은 수업 중 학생들에게 이 수에 이름을 한번 붙여보자고 했다. 한 학생이 농담으로 '철수'라고 했는데 웬걸, 반응이 나쁘지 않았다. 그때부터 우리끼리는 그 수를 철수라고 불렀다.

나한테 수학을 오래 배운 학생이라면 '붕뜬각'이라거나 '치우친 평균'과 같은 용어를 많이 들어봤을 것이다. 모두 내가 만들어낸 말들이다. 일일이 의미를 설명하지는 않겠지만 의미 자체는 별것 아니다. 모든 수학 선생님들이 다 알고 언급할 만한 내용이다. 그냥 마땅한 용어가 없어서 내가 나름대로 고민해 이름을 붙여놓았을 뿐이다. "붕뜬각이 나오면 외각을 봐라!"라고 가르치는데 처음에는 학생들이 '붕뜬각'이라는 말 자체를 입에 담기 부끄러워하지만 시간이 지나면 누구나 붕뜬각이 보이자마자 외각부터 찾게 된다. '치우친 평균'은 여러 단원에서 반복해 쓰이는 개념인데 한번 이름 붙여놓으면 나중에는 "여기에서 치우친 평균을 쓰면 된다."라고 설명하는 것만으로도 긴 설명이 필요 없고 이해가 쉽다. 용어가 없어서 풀이를 처음부터 유도해야 하는 것을 용어가 있음으로 인해 많은 부분 생략이 가능하다. 그래서 해설지를 보면 10분짜리 풀이를 내 방법으로는 30초 만에 풀 수 있는 문제도 많다.

이름이라는 것의 파워가 이렇게도 강력하다. 책갈피 이론의 방법과 효과를 설명하기 위해서 제일 먼저 '책갈피 이론'이라는 용어부터 만들지 않았던가. '내가 그의 이름을 불러주기 전에는 그는 다만 하나의 몸짓에 지나지 않았다. 내가 그의 이름을 불러주었을 때, 그는 나에게로 와서 꽃이 되었다.'

장소기억법이나 스토리기억법과 같은 암기법을 제대로 배우고 싶다면 암기법을 전문적으로 교육하는 곳을 찾아야 할 것이다. 나도 암기의 전문가는 아니다. 다만, 모든 내용을 다 암기법을 적용해서 외우기는 어렵더라도 공부를 하다 보면 중간중간 헷갈리는 포인트들이 생기는데 이런 부분만이라도 나만의 암기법을 만들어 기억하려는 시도를 해보면 좋겠다는 말을 하고 싶었을 뿐이다. 책갈피를 꽂자. 그것이 자극적인 것이든, 리듬감이 있는 것이든, 아니면 그 어떤 적절한 이름을 붙여주는 것이든 미련하게 달달 반복해서 외우기만 하기보다는 훨씬 효율적이리라. 장기적으로 기억해야 하는 내용이라면 더욱 그렇다. 직접 만든 나만의 암기법은 나만의 강력한 무기가 된다. 나는 오늘도 이 책을 쓰느라 개부지런하다.

나만의 암기법을 만들어보자!

암기를 하다 보면 어떤 개념에 용어가 명확하지 않은 경우들이 있다. 이럴 때 그 개념에 적절한 이름을 붙여주면 그 자체로 책갈피 이론이 된다. 모든 학문은 용어를 정의하는 데서부터 시작된다. 정확한 용어를 사용하는 것은 책갈피 이론의 핵심이라고 할 수 있다.

국영수 위주로 했어요

나는 시험기간이 되면 수학 공부를 하지 않았고 국어와 영어도 아주 최소한만 했다고 말했다. 그렇다고 국영수 공부를 소홀히 한 것은 아니다. 시험기간에 그 과목 공부를 많이 하지 않은 이유는 평소에 꾸준히 공부하는 과목이기 때문이었다. 꾸준히 했다는 얘기지 많이 했다는 뜻이 아니다. 암기과목은 단시간에 큰 성과를 볼 수 있지만 국어, 영어, 수학만큼은 평소 조금씩이라도 꾸준히 공부하면서 날선 감각을 유지해야만 한다.

공부 잘하는 애들은 다 국영수 위주로 공부를 한단다. 당연한 얘기다. 수능에도 필수로 포함되고 내신에서는 단위수가 높은 과목이니 말이다. 애초에 이 과목들은 왜 주요과목 내지는 기초과목이라고 불리게 된 걸까? 사실 국어와 영어에 대해서는 나도 잘 모르겠다. 내 전문분야가 아니다. 나는 수학 선생이니만큼 수학이라는 과목에 대한 이야기를 잠깐 해보려고 한다.

수학은 추상적인 학문이다. 가끔 수학을 실용적인 학문으로 생각하는 사람들이 있지만 수학을 실용적으로 활용하는 것은 과학의 역할이고 수학은 그 자체로 추상적이고 관념적이다. 사과가 3개 있는데 그중에서 5개를 먹을 수는 없지만 3 빼기 5는 −2라고 답할 수 있다. 음수까지 갈 것도 없이 1미터와 1킬로그램은 차라리 정의가 쉽지만 그냥 숫자 1은 와 닿는 정의를 하기가 은근히 쉽지 않다. 자연계를 관찰하는 것으로부터 출발하는 과학은 온갖 예외가 많다. 사용하는 수부터가 측정값이고 근삿값이다. 수많은 변수 중 중요한 변수 한두 가지만을 다루다 보면 나머지 것들로부터 오차가 발생할 가능성이 있다. 하지만 수학은 추상적이기 때문에 순수하게 '논리'만을 다룰 수 있다. 문제를 어떤 방법으로 접근하든 그 논리에 오류가 없다면 반드시 같은 답이 나올 수밖에 없다.

수학이 기초과목인 이유는 미분, 적분이 중요하기 때문이 아니다. (물론 미분, 적분은 중요하긴 하다.) 순수한 논리를 배우는 학문이기 때문이다. 수학에서 요구하는 것은 A이면 B이고, B이면 C이고, 이런 식으로 단서를 차근차근 밟아나가는 연역적 사고력이다. 주어진 단서의 인과관계를 파악하고 단서들 사이에 미싱링크(missing link, 잃어버린 고리)를 연결하는 것, 그것이 큰 틀에서 수학 문제를 푸는 방법이다. 이런 논리적 사고과정에 여러 소재들을 덧대면 다른 이름의 학문이 되어버리니 수학은 가히 기초과목인 것이 맞는다.

단서 ≫ 미싱링크 ≫ 정답

그렇기 때문에 수학을 잘하는 사람은 다른 과목들도 다 잘할 수 있다. 수학을 잘하는데 다른 과목을 못한다면 십중팔구 노력 부족이다. 그냥 나처럼 게으른 사람일 가능성이 높다. 반대로 수학만 못하고 다른 과목은 다 잘한다면? 안타깝지만 그런 경우는 흔하지 않다. 더 깊이 들어가면 결국 다른 과목들도 못하게 될 여지가 많다. 그러니 수학부터 잘하고 볼 일이다. 수학을 잘하면 다른 과목들은 언제든지 노력으로 따라잡을 수 있다.

수학능력시험이나 수학여행에서 말하는 '수학修學'은 수를 다루는 '수학數學'과는 다르다. '학문을 닦는다'는 뜻이다. 수학능력시험은 말 그대로 학문을 할 수 있는 능력을 따지는 시험이기 때문에 단순 암기보다는 사고력을 요하는 문제를 많이 물어본다. 그렇기 때문에 다시 또 수학數學이 중요하다. 논리적 사고력을 키울 수 있는 학문이니까. 그런 의미에서 수학修學은 곧 수학數學이고, 수학數學이 곧 수학修學이다.

어쨌거나 수학을 잘해야 한다는 말이다. 그런데 학부모님들과 대화를 하다 보면 "우리 애가 초등학생 땐 수학을 참 잘했는데……"라는 말을 들을 때가 종종 있다. 도대체 중학교 올라갈 때 다들 무슨 일이 있었던 것일까? 안타깝지만 초등학교 수학은 이름만 수학이지 사실은 수학이라기보다는 산수에 가깝다. 초등학교 수학에서 배우는 건 주로 수의 개념과 연산에 관한 내용이고 중학교 과정부터 본격적인 대수와 기하에 관한 아이디어가 쏟아져 나오기 때문에 초등학교 때 수학을 잘했다고 중고등학교 수학까지 잘할 거라고 막연히 기대하기는 어렵다.

연산, 계산이라는 것이 그렇다. 계산을 잘한다고 수학을 잘하는 것은 아니다. 그런데 계산을 잘 못하면 수학을 잘하기가 사실상 불가능하긴 하다. 방정식이니 도형이니 하는 특정 단원의 내용들은 말하자면 '소재'에 가깝다. 그에 비해 계산 능력과 같이 기본기라 할 수 있는 것들은 수학을 하는 '도구'라고 할 수 있다. 아무리 마트에서 바닷가재와 최고급 소고기와 같은 좋은 식재료를 사오더라도 집에 칼도 냄비도 양념도 아무것도 없다면 제대로 된 요리를 할 수 없다.

보통 계산이라고 하면 사칙연산을 떠올리지만 그게 중요한 것이 아니다. 그냥 사칙연산은 나도 딱히 잘하는 편이 아니다. 곱셈, 나눗셈을 암산으로 하면 웬만한 학생들보다 내가 느리다. 하지만 전체적인 계산의 속도는 웬만해서는 내가 남들보다 빠르다. 중학교 이후의 수학은 x, y와 같은 문자들을 이용해서 식을 전개하는 '대수학algebra'을 바탕으로 하기 때문에 계산을 잘한다는 얘기는 곧 식을 잘

다룬다는 말과 같다. 식을 잘 다루는 방법이라 함은 한마디로 딱 잘라 표현하기 어렵다. 여러 단원에서 나오는 수많은 방법들이 있고 이런 방법들 하나하나가 몸에 배어야 한다. 계산은 습관이다. 계산에 도움이 될 만한 좋은 습관들, 주로 식을 최대한 간결하게 정리하는 것과 관계된 이런 습관들이 켜켜이 쌓이고 숙련되고 데이터베이스화돼서 자연스럽게 배어 나와야 한다. 그러하기에 수학에는 더더욱 왕도가 없다. 암기과목과는 달리 꾸준히 해야 한다.

다시 논리 얘기로 돌아가보자. 논리가 중요한 학문이 수학에만 해당하진 않는다. 논리를 다루는 과목이라고 하면 국어도 빠지지 않는다. 다만 이때의 논리는 그 느낌이 조금 다르다. 수학이 연역적 논리에 특화돼 있다면 국어는 글 전체를 꿰뚫을 수 있는 통찰력을 필요로 한다. 조금은 직관에 가까워 보이는 이 능력은 마냥 타고나는 것만은 아니다. 통찰력이든, 직관이든, 상상력이든, 창의성이든, 이모두가 결국은 논리를 바탕으로 해야 제대로 발휘될 수 있기 때문에 꾸준한 단련이 필요하다. 책을 많이 읽어야 한다. 꼭 책이 아니더라도 문장과 문단의 구조를 갖춘 일정 분량 이상의 글을 꾸준히 많이 읽을 필요가 있다. 양심적으로 말하자면 나는 책 읽기를 정말 좋아하지 않는다. 아내도 나보고 그랬다. 책 쓰는 사람 중에 책을 제일 안 읽은 사람일 거라고. 그래서일까, 수능 국어가 유난히 어려웠던 2003학년도 수능에서 나는 죽을 제대로 쒔다.

같은 언어영역으로서 영어도 마찬가지다. 흰 종이를 까맣게 채워나가는 것이 공부라고 가정해보자. 수학 공부가 칸을 여러 개로 나눠서 한 칸씩 차례대로 새카맣게 칠해가는 것이라면 영어 공부는 종이 전체에 까만 스프레이를 뿌려서 전체적으로 조금씩 점점 더 어두워지게 만드는 것과 같다. 수학은 단원 구분이 명확하고 단원 간의 순서와 인과관계가 중요하지만 영어는 초등학생 때도 문법, 독해, 어휘가 나오고 중학생 때도 문법, 독해, 어휘가 나오고 고등학생 때도 문법, 독해, 어휘가 나온다. (물론 듣기, 말하기, 쓰기도 있다.) 미국 사람들끼리 "우리 오늘은 시제와 to 부정사만 이용해서 대화를 하자."라고 하지는 않는다. 그래서 영어 또한 조금씩이라도 꾸준히 해야 한다. 기본은 독해다. 독해 안에 문법도 있고 어휘도 있다. 글 자체를 구조적으로 분석하고 이해하는 능력도 단련이 된다. 하루에 한두 개씩만이라도 영어 지문을 꾸준히 읽으면 좋다. 사실 내가 고등학생 땐 문법이고 단어고 달달달 외우는 걸 잘하지도 못하고 너무 하기가 싫어서 그냥 독해 연습만 줄곧 했었는데 나중에 보니 그게 제일 좋은 방법이었던 듯하다.

"국어는 많이, 영어는 머니, 수학은 머리"라는 말이 있다. 국어는 책을 많이 읽어야 잘할 수 있고, 영어는 사교육을 많이 받거나 어학연수, 해외여행 등 머니money가 많이 들어가야 잘할 수 있고, 수학은 타고난 머리가 좋아야만 잘할 수 있다는 말이다. 책을 많이 봐야 하는 건 당연하고, 머니는 잘 모르겠고, 머리는 곧 논리라고 생각하면 어느 정도 공감이 된다. 머리가 좋으면 좋겠지. 머니가 많이 들어가면 더 좋겠지. 많이 하기까지 하면 더더욱 좋겠지. 하지만 셋 다 그냥 많이만 하기보다 조금씩이라도 꾸준히 할 수 있으면 더, 더, 더, 더 좋을 것이다. 단순히 기억하는 것 외의 부분들이 많은 과목이니까. 논리를 다루는 기초과목이니까.

수학으로도 모자라 국어와 영어까지 평소에 꾸준히 해야 하다니, 지금껏 내가 말해온 바와 달리 하나도 게으르지 않은 것 같다. 하지만 어쩔 수 없다. 이것이 '최소한'의 부지런함인 것을. 꾸준함은 이길 수 없다. 습관이 무서운 법이다. 대신 조금씩만 해도 된다. 내 기준에 학교 자습시간만으로도 충분하다. 그리고 이게 습관이 되면 그 효과는 단순히 국영수에만 그치지 않는다. 그래서 얘네들이 주요과목이고 또 기초과목이다.

국어도 영어도 수학도 중요한 건 논리, 책을 많이 읽자!

통찰력이든, 직관이든, 상상력이든, 창의성이든, 이 모두가 결국은 논리를 바탕으로 해야 제대로 발휘될 수 있기 때문에 꾸준한 단련이 필요하다. 꼭 책이 아니더라도 문장과 문단의 구조를 갖춘 일정 분량 이상의 글을 꾸준히 많이 읽을 필요가 있다.

토끼의 낮잠이 필요할 때

중학생 때는 학교 폭력이 정말 심각했다. 소위 일진들이 우글우글했다. 날마다 누군가 뚜렷한 이유 없이 두드려 맞았고, 심하게 다쳤고, 곳곳에서 싸움판이 벌어졌다. 선생님들은 통제하기 어려운 상황을 그냥 방치했다. 믿기 어렵겠지만 어떤 선생님은 수업하러 들어오셔서는 "이 반에서 싸움 제일 잘하는 사람이 누구지? ×반에 ○○○이랑 붙으면 이길 수 있나?"라며 이런 상황을 부추기고 즐기기까지 했다. 모두가 쉬쉬했고 학생들이 보호받을 수 있는 방법은 없었다. 학교는 정글이었다.

나도 가끔 약간의 괴롭힘을 당할 때가 있었지만 심각한 폭력을 겪지 않은 것만으로도 다행이었다. 그래도 하루하루를 야만적인 사회에서 공포를 느끼며 살아가기란 어린 나이에 정말 괴로운 일이었다. 그래서 고등학교에 진학할 때는 그렇게 공부하기 싫어하던 내가 일부러 공부를 가장 잘하고 많이 시키기로 유명한 학교에 지원을 했다. 그 일진 무리들을 최대한 피해가고 싶었다.

고등학생이 되고 보니 상황이 완전히 달라졌다. 공부를 잘하는 학교여서 달랐던 것 같지는 않다. 불과 한 살 차이더라도 질풍노도의 격랑이 조금은 지나간 듯했고, 중학생보다 고등학생이라는 신분의 무게감이 한층 더 큰 것 같았다. 고등학교 때도 소위 노는 애들이 많이 있었지만 이 애들도 공부하는 애들은 건드리지 않고, 학교에서는 가급적 문제를 일으키지 않기로 암묵적인 합의가 된 듯 보였다. 그렇게 고등학교 생활은 공부하기만 힘들었을 뿐 나름 평화롭게 흘러갔다.

반전은 고3 여름께에 찾아왔다. 모두가 공부하느라 극도로 지친 상황, 푹푹 찌는 대구의 여름은 간당간당하게 남아 있던 체력과 인내심을 모두 앗아갔다. (그 당시는 교실에 에어컨조차 없었다.) 결국 몇 년간 닫혀 있었던 그 문이 다시 열리고 말았다. 어떤 날은 의자가 교실 하늘을 날

앉고, 또 어떤 날은 반 친구 한 명의 앞니가 다른 친구의 주먹에 깨지고 말았으며, 모의고사라도 치는 날엔 석식시간에 꼭 사물함이 한두 개씩 박살이 났다.

전쟁 영화를 보면 극도의 스트레스 상황이 오래 지속되는 가운데 군인들에게서 인간성이 소실되고 가치 전도가 일어나는 과정이 많이 그려진다. 수험생 생활도 마찬가지이기 때문에 그 전쟁통 같은 상황에서 멘탈을 똑바로 붙잡고 있기 위해서는 체력과 스트레스 관리가 필수다.

흔히 입시를 마라톤에 비유하지 않던가. 페이스 조절이 반드시 필요하다. 정신력만 강조하면서 바닥나는 체력과 쌓이는 스트레스를 그대로 방치하면 결국 번아웃 증후군 burnout syndrome이 찾아온다. 무기력해지면서 동기부여가 약해지고, 책을 봐도 글자를 눈으로만 읽게 되고 책 내용이 머릿속에 들어오지 않는다. 당연히 성적도 하락한다. 흔히들 그냥 '슬럼프'라고 하며 마치 불운해서 겪게 되는 일 정도로 받아들이기 쉬운데, 이 슬럼프는 원인이 제대로 해소되지 않으면 정말 길게 갈 수도 있고 끝내 극복하지 못할 수도 있다.

슬럼프 극복은 더욱 적극적이고 능동적인 태도로 접근해야 한다. 그냥 할 일 하고 남는 시간에 쉰다는 정도의 개념이 아니다. 한번은 기숙사 생활을 힘들어하는 학생을 상담한 일이 있었다. 방과 후에도 최소한의 자유가 보장되지 않는 생활이 너무 힘들다며 그 학생은 내 앞에서 눈물까지 보였다. 내가 내린 처방은 강제 외출이었다. 적어도 한 달에 한두 번 이상 일부러 외출을 해서 학원도 가지 말고 본인이 가장 좋아하는 것을 하라고 했다. 스스로를 아끼고 스스로에게 보상을 하는 것이다. 그 보상이 그냥 휴식일 수도 있고, 맛있는 음식을 사먹거나 좋아하는 운동을 하는 것, 만화책을 보거나 영화를 보는 것, 또는 친구와 수다를 떠는 것일 수도 있다. 직장인들은 주말만 기다리며 한 주를 버티고, 월급날만 바라보며 한 달을 버티고, 여름휴가 때 떠날 해외여행만 기대하며 일 년을 버티기도 하는데 우리 학생들은 하루 그냥 마음 편하게 노는 것조차 눈치가 보여서 제대로 누리지 못한다니 너무 안타깝지 않은가. 그러니 이 '마음 불편함'을 이겨내고 일부러 억지로라도 쉬고 놀아야 한다. 그래야 충전이 된다.

나에게도 이런 장치들이 있었다. 모두 앞서 언급했는데, 예를 들어 매일 석식시간에 한 게임씩 했던 농구가 체력 유지에 많은 도움이 됐다. 하루 종일 책상 앞에 앉아 있느라 온몸이 찌뿌듯한데 그렇게 몸을 격하게 움직이고 나면 땀이 나고 힘들어도 훨씬 개운해지고 다시 집중할 수 있는 에너지가 생겼다. 매주 토요일 오후면 할 일을 모두 내려놓고 TV와 컴퓨터에만 몰입했었는데, 단순히 스트레스를 줄여주었을 뿐만 아니라 그 한때는 스스로를 위로하고 다독여서 무너진 자존감을 다시 세우는 시간이었다. 공부할 때 항상 끼고 있었던 이어폰은 집중에 도움이 되진 않더라도 애초에 스트레스를 적게 받도록 걸러주고 희석시켜주는 역할을 했다. 나는 누구보다 스트레스받지 않는 것을 중요하게 생각하는 사람이었다.

그랬던 나도 사실 슬럼프를 끝까지 피해가지는 못했다. 그 당시엔 온갖 사설 모의고사까지 포함해서 고3 때 한 달에 두 번씩 모의고사를 쳤는데 항상 비슷한 점수를 받다가 수능을 보름 정도 앞둔 마지막 모의고사에서 갑자기 점수가 10점 넘게 떨어졌다. 막판에는 너무 지쳐서 공부도 되지 않고 하루 종일 잠만 쏟아졌는데 결국 그 상태를 극복하지 못하고 수능을 치게 되어 평소 점수보다 30점 넘게 폭락한 결과를 맞고 말았다.

이렇게 직접 겪어보았기 때문에 나는 이 슬럼프 극복과 체력, 스트레스 관리가 얼마나 중요한지를 잘 안다. 슬럼프를 어떤 시점에서 어떻게 겪었는지 또 그것을 얼마나 현명하게 잘 극복해내느냐가 마지막 중요한 순간에 결정적인 변수가 된다. 고3 때 내 경험을 바탕으로 해서 수능 공부 위주로 얘기하고 있지만, 요즘같이 수시모집의 학생부종합전형이 대세일 때는 비교과영역 관리를 위해서라도 여분의 시간과 체력을 세이브해두고 관리하는 것이 더욱 중요하다는 생각이 든다. 너무 전력질주만 하지 말고 부디 쉬엄쉬엄하라. 이것이 바로 내가 학생들에게 마지막으로 하고 싶은 조언이다.

엄청난 속도로 달리는 포뮬러원Formula One, F1 레이스의 경주용 자동차는 주행 중 타이어 교체나 연료 보급 등을 위해 피트에 들어가는데 이를 '피트인pit in'이라 한다. 피트인 시간 단 몇 초 만에도 경쟁자들은 까마득하게 앞서가기 때문에 언뜻 이 피트인은 손해 보는 짓처럼 보이기도 한다. 그러나 타이어가 멀쩡해 보인다고 피트인 없이 신나게 달리기만 하다가는 레이스 끝까지 버틸 수가 없기 때문에 가장 빠르고 효율적인 피트인을 하는 것은 레이스에서 결정적인 변수가 된다.

여러분은 F1 레이서와도 같다. 미리 약속된 타이밍에는 꼭 피트에 들어가야 한다. 행여 타이어 마모가 예상보다 덜 된 것 같다고 마음대로 피트를 지나쳐버리는 우를 범하지 않도록 하자. 가끔은 거북이의 부지런함보다 토끼의 낮잠이 필요할 때도 있는 법이다.

너무 전력질주만 하지 말고 쉬엄쉬엄,
페이스 조절을 잘하자!

정신력만 강조하면서 바닥나는 체력과 쌓이는 스트레스를 그대로 방치하면 결국 번아웃 증후군이 찾아온다. 슬럼프를 어떤 시점에 얼마나 심하게 겪고 또 얼마나 쉽고 현명하게 극복하느냐가 막판에 가서 아주 결정적인 변수가 된다.

5. 무작정 열심히만 하는 학생들에게

미국 메이저리그에 어떤 투수가 있었어. 실력이 굉장히 좋았던 이 선수가 어느 날부턴가 점점 공이 들쭉날쭉해지면서 슬럼프를 맞닥뜨리게 된 거야. 그래서 이 선수는 예전의 기량을 되찾기 위해 매일매일 공을 던지고 또 던졌는데 슬럼프는 점점 더 깊어지기만 했어. 그러다 어느 날 눈이 조금 침침해진 것 같다고 느낀 이 선수는 안경을 새로 맞췄는데 그러고부터 거짓말처럼 예전의 기량을 회복하게 된 거야. 문제는 어깨가 아니라 시력에 있었던 거지.

무엇이든 '열심히' 한다는 것은 그 자체로 정말 훌륭한 일이야. 쌤은 오랫동안 책상 앞에 앉아서 집중을 할 수 있는 사람이 아니기 때문에 몇 시간씩 흐트러짐 없이 공부하는 학생들을 보면 정말 존경스럽다는 생각을 해. 하지만 한 가지만 확실하게 하자고. 정확한 처방을 가지고 알맞은 노력을 하고 있는 것인지 말이야.

많은 학생들은 공부한 시간이 곧 공부한 양이라고 생각을 해. 학원을 갔다 오면 공부를 했다고 생각하고, 숙제를 다 했으면 그 부분 공부를 마친 거라고 생각하지. 정말 그럴까? 내가 새롭게 알게 된 내용이 어떤 것인지, 몰랐다가 풀 수 있게 된 문제가 몇 문제나 있는지 이런 실질적인 기준으로 학습을 평가해야 더 맞지 않겠어?

그 투수가 시력의 문제를 깨닫지 못하고 강도 높은 훈련만 계속했다면 어떻게 됐을까? 노력에 걸맞은 성과가 나오지 않음에 더욱 좌절하지 않았을까? 그렇기 때문에 우리는 어떤 일을 이루기 위해 노력할 때 무작정 노력의 크기만 키울 것이 아니라 어디에다가 얼마만큼의 노력을 기울여야 할지 수시로 재단하고 보완해야 해. 그러기 위해서 가끔씩 한발 뒤로 물러나 호흡을 가다듬고 환기하는 시간을 갖자. 그런다면 지금 네가 하고 있는 노력이 더욱 가치 있는 일이 될 거라고 쌤은 확신해.

마치는 글

책의 서두에서 나는 간헐적 단식 다이어트 중임을 밝힌 바 있다. 간헐적 단식이라는 것은 다소 넓은 의미이고 구체적인 실천 방법에는 여러 가지가 있다. 하루에 한 끼만 먹는 1일 1식, 일주일에 이틀을 정해서 24시간 금식을 하고 다른 날은 마음껏 먹는 5:2 방법, 매일 8시간 이내에 음식을 마음껏 먹고 16시간씩 금식을 하는 16:8 방법 등이 있는데 모두 규칙적인 식생활을 기본으로 한다. 그런데 나는 직업과 생활패턴의 이유로 매일 식사시간이 매우 불규칙해서 이 중 어느 한 방법을 꾸준히 유지하기가 어려웠다. 그래서 이 방법들을 적절히 섞어 나만의 사이클을 만들었고 현재 나름의 효과를 보고 있는 중이다.

전문가들이 무슨무슨 방법이라고 이름 붙여 만들어놓은 데는 다 나름의 이유가 있다. 그대로 따라하면 가장 효율적인 효과를 볼 수 있거나 이 매뉴얼대로만 따라가면 핵심 원리가 저절로 잘 적용되도록 세팅해놓은 것이다. 그래서 이런 방법들을 자의적으로 수정할 때는 주의가 필요한 법인데 나는 나만의 다이어트 방법을 만들면서 반드시 효과가 있으리란 확신이 있었다. 간헐적 단식의 원리를 먼저 파악하고 충분히 이해했기 때문이다. 내 생활에 최대한 맞추되 다이어트의 원리가 잘 적용되게끔 하는 데만 신경을 쓰니 나만의 방법을 얼마든지 만들 수 있었고, 변수가 생겼을 때도 대처할 방법을 알 수 있었다.

이 책에서 설명한 여러 가지 공부법들은 철저히 내 경험을 바탕으로 한 것이다. 누군가 그대로 따라하기에 적절하지 않은 부분이 얼마든 있을 수 있다.

중요한 것은 원리다. 각자 자신에 맞게 적용하기 위해서는 원리부터 이해해야 한다. 이것이 지금까지 고화작용이니 범주화니 책갈피 이론이니 하며 뇌 이야기를 길게 늘어놓았던 이유다.

책을 쓰면서 한 가지 느낀 바가 있다. 생각보다 내가 훨씬 부지런한 사람이라는 것이다. 숙제도 제때 해야 하고, 학교 수업도 열심히 들어야 하고, 심지어 국영수는 평소에 꾸준히 해야 하고, 도대체 언제 게으르단 소린지…….

그래, 어쩌면 나는 개부지런한 사람이 맞는지도 모르겠다. 게으르기 위해서 부지런한 것도 결국은 부지런하다는 얘기 아니겠는가. 어차피 게으르기만 해서는 아무것도 이룰 수 없으니 어느 부분에선가는 부지런하긴 해야겠는데, 어떤 부분에서 어떻게 얼마나 부지런할지는 각자 한번 생각해볼 만하지 않을까?

나는 그랬다. 남들보다 공부하는 시간은 절반 이하였고, 효율성은 두 배 이상이었다. 숙제를 바로바로 하면 시간과 노력을 크게 줄일 수 있었다. 학교 수업에 충실하고 시험 대비와 실전에 대한 전략을 잘 세움으로써 짧은 기간에 적은 노력으로 쉽게 성과를 얻을 수 있었다. 꼭 필요한 것이 아니면 구구절절 받아 적지 않았고, 안 외워지는 것을 달달 무한반복하는 대신 그럴듯한 암기법을 만들어보려고 했다. 국영수를 꾸준히 하는 대신 최소한만 하여 할 일은 거의 학교 안에서 끝냈다.

이런 것들이 나의 게으름이라면 게으름이다. 고3 때를 제외하고는 초저녁이면 학업과 관련한 일과는 끝이 났고, 친구들이 학원으로 향할 때 나는 저녁이 있는 삶을 살았다. 저녁부터의 시간은 오롯이 취미를 즐기고 내 영혼을 살찌우는 데 썼다. 그렇게 찌들지 않고 신선하게 유지된 심신은 고3을 버티는 큰 힘이 됐다.

다만 오해는 없었으면 한다. 이 책은 공부를 잘하는 방법이 아니라 쉽게 하는 방법에 관한 것이다. 공부가 하기 싫은 게으른 사람들을 위한 책이며, 효율성에 관한 이야기이다. 열심히 하고 많이 하는 공부가 나쁘다는 얘기가 절대 아니기 때문에 부지런하기 위해서 부지런할 사람들은 하던 대로 부지런히 하면 된다. 나의 이야기는 참고 정도만 해도 충분하다. 이 책을 읽으면서 효율적인 공부에만 생각이 너무 치우쳤다면 이제부터 공부를 열심히 많이 해야 하는 이유에 관한 책을 찾아서 읽고 균형을 맞춰주는 것도 괜찮겠다.

사실 내가 강조한 방법들이란 게 별거 없다. 숙제를 바로바로 하고 학교 수업에 충실하라는 말은 누구라도 할 수 있는 얘기다. 살을 빼기 위해선 적게 먹고 운동하면 된다는 이치를 누가 모르겠는가. 그러나 그걸 좀 더 쉽게 할 수 있다면, 왜 그렇게 해야 하는지, 그런 방법이 어떤 의미가 있는지를 자세히 이해한다면 조금은 이야기가 달라질 수도 있지 않을까? "에이, 그걸 누가 몰라."라고 생각할 수 있는 바로 그 부분이 방법이다. 불필요한 데 힘을 아끼고 진짜 중요한 포인트에 집중하는 것, 그것이 비법이다.

수능 만점자들의 인터뷰를 보면 하나같이 학원에 안 다니고 교과서 위주로 공부했다고들 한다. 쟤네들은 타고난 천재라서 열심히 하지도 않고 쉽게 공부를 잘했나 보다 싶을 수 있겠지만 사실은 그들이 정말 공부를 제대로 한 것이다. 학원이나 교과서가 중요한 게 아니다. 쓸데없는 것 말고 '진짜' 필요한 공부를 열심히 했다는 소리다. 남들이 잘못된 방법과 잘못된 방향으로 헛심을 빼고 있을 때 묵묵히 정도를 걷다 보면 자연스레 남들보다 쉽게 앞서갈 수 있다.

백조는 물 위에서 고고한 자태를 유지하기 위해 물 밑에서 끊임없이 발을 휘젓고 있다고 하지 않는가. 백조의 그

발놀림이야말로 최소한의 부지런함이다. 안타깝게도 우리는 수면 위에서 힘겹게 날개만 퍼덕거리고 있는 셈이다. 정작 필요한 발은 안 쓰고 말이다. 날갯짓은 힘들다. 효율적이지도 않다. 힘은 꼭 필요한 최소한의 것에만 쓰면 된다. 조금만 부지런하면 많이 게으를 수 있다.

Thanks to

교육자로서 확고한 교육 철학을 갖게 되기까지 영감을 준
모든 학생들에게 감사드립니다. 항상 나를 믿어주고 많은
도움을 주는 아내에게 사랑과 존경을 표합니다.

나는 게으르기 위해 부지런하다

초판 1쇄 발행   2020년 4월 10일

지은이   황광일
펴낸이   김요안
편집   강희진
디자인   장지영

펴낸곳   북레시피
주소   서울시 마포구 신수로 59-1
전화   02-716-1228
팩스   02-6442-9684
이메일   bookrecipe2015@naver.com | esop98@hanmail.net
홈페이지   www.bookrecipe.co.kr | https://bookrecipe.modoo.at/
등록   2015년 4월 24일(제2015-000141호)
창립   2015년 9월 9일

ISBN 979-11-90489-09-6 43810

종이·화인페이퍼 | 인쇄·삼신문화사 | 후가공·금성LSM | 제본·대흥제책

이 도서의 국립중앙도서관 출판예정도서목록(CIP)은 서지정보유통지원시스템 홈페이지
(http://seoji.nl.go.kr)와 국가자료공동목록시스템(http://www.nl.go.kr/kolisnet)에서
이용하실 수 있습니다. (CIP제어번호: CIP2020012327)